然後就掛了電話。

「大家，我先走了。」我邊說邊拎起外套，從包廂座位起身，「親戚召見。」

「你看，這個也是。」布蘭迪隨即接口：「看看白楊跟他家人怎麼相處的，家人一打電話他馬上趕去，換成他打電話八成也一樣，這才對嘛！但你整天只會跟我抱怨你爸媽。」

布蘭迪恰恰相反，每天晚餐後都會打給她爸。她擺出是她自己想打的樣子，而不是因為她爸不管什麼都擔心得要死，但明眼人都看得出她很受不了。

席歐沒用地嘀咕了幾個不成句的字，整個人在座位上越來越往下滑。怪不了他，布蘭迪一發飆就像是復仇女神下凡，何況我從沒看她這麼火大過。現在要走還真讓我覺得有點可惜。

然而在這個鎮上，冬青姑媽的電話比什麼都來得重要，甚至勝過這場可能扭轉我命運的爭執。我在桌上放了張十元紙鈔來付晚餐錢，接著便走向門口，這時服務生剛好走了過來，大概是要請布蘭迪跟席歐小聲點。

在位於紐約上州的三峰鎮，今晚是個在市區絕對享受不到的宜人夏夜，沒有冷氣往熱氣蒸騰的人行道滴著髒水，只有微帶白晝餘溫的涼爽山風，氣溫夠低，即便我穿著長袖發熱衣仍然自在，但又暖得用不著多添外衣。

我踏出餐館後向左轉，沿著大街往前走，經過豆倉咖啡，接著是風格做作的服飾店（這個時間已經打烊），再來是鎮上唯一的超市，走到這裡代表即將離開商業區，前面就是住宅區。再走個幾分鐘，連房屋也越發零星，其後便只看得見樹林。起碼，這是我左手邊的風景。

在右手邊，一開始是草皮與精心栽培的樹木，到了這裡已是一大片開闊、平坦的草地，維護得很好，簡直可以拿來踢足球，偏偏正中央有棵巍然橡樹。

這是五朔節神樹。三峰鎮居民每年都會在這裡留下一個小禮物，是為了……表達敬意？答謝？總之就是那類的，我從沒參加過五朔節慶典，所以不曉得這些禮物的涵義。我只知道，這些禮物會一直留在樹下，直到快克家族（也就是我的家人）來取走。

我前幾年也來過幾次，都是在我們家族即將舉行三位儀式的時候。這是我今年暑假第一次過來，期待之情盈滿心頭。

來到樹前，我彎身把頭探到樹枝底下，端詳樹幹。應該說，是端詳樹幹四周堆積如山的物品。這堆東西的樣子每年看起來都差不多，集合了各種古怪小玩意，留下它們的人有可能是迷信，有可能是熱愛傳統，也可能兩者皆是。

小時候，初次看見這座小山時，我覺得它像是成堆的魔法。

今晚，我剛離開的那間餐館正在上演更美妙的魔法。我拿出手機一瞧，想看看我那兩位好友會不會有誰傳來訊息——我想知道他們究竟分手了沒，或者這場架還有得吵。

沒有訊息。嗯，只有一則媽傳來的訊息，是她今天第二則，本週第十則。我沒看內容就刪了，這幾個月來我都是這麼做的。

草地傳來沙沙的腳步聲，以穩定的速度接近。我抬頭一望，眼前是正朝我走來的冬青姑媽，她身材高䠷，背脊挺直，衣著似乎是上班穿的套裝。她的髮色跟爸一樣，深金中帶幾縷褐色，此時嚴謹地梳到腦後，我猜她是剛下班就趕過來了。

奶奶跟在她身後幾步之遙。她比冬青姑媽略矮些，身材也較圓潤，捲曲的鐵灰色頭髮散落在帶笑的臉旁，雙手插在長褲口袋中，緩步穿越五朔節草原，大氣不喘一下，像是比實際年齡年輕四十歲。

「我最早到。」他們走近時，我說。

「是啊。」奶奶說，語調一如既往地親和。「湖邊好玩嗎？」

過去一整週，席歐、布蘭迪和我天天下午都往榆景大湖跑，由席歐擔任司機開他那輛帥氣新車，我們會租艘獨木舟或腳踏船什麼的，要不就在岸上發呆，輪流喝我用假證件買的酒，買到什麼喝什麼，晚上就回三峰鎮去那間餐館吃漢堡。

我聳肩，「沒什麼好不好玩的。跟昨天一樣，也跟前天一樣。」

冬青姑媽用鼻孔嗤了一聲，走向五朔節神樹的樹幹，細看物品堆，看似急著要進行儀式。也可能她不是急著開始，而是急著搞定儀式，那她就可以躲回房間喝個爛醉了。

不過奶奶沒管她，而是用溫暖的手輕拍我的臉頰，說：「今年暑假有朋友在這陪你，應該挺開心的吧。」

「對啊，很開心。」我說。這也是實話。我一向很喜歡跟奶奶相處，況且先前堂姊石楠還在的時候，冬青姑媽人還不錯。可是今年一切都變了，在這種情況下，有席歐跟布蘭迪陪我挺好的。雖然這代表我從早到晚都得當他倆的電燈泡。

但以後這就不成問題了，起碼我希望是這樣。

「妳說兩個，對吧？」冬青姑媽不耐煩地說，繞著樹踱步，掃視散落的物品：歪七扭八的陶碗、編繩手鍊、裝了大顆塑膠紅寶石的小塑膠戒指、獨眼泰迪熊、幾個可動人偶、多到爆炸的ＣＤ、書、筆、信封、鞋子、零散的紙張。「這次裂縫是什麼性質？」

奶奶瞥了她一眼。「嗯哼……」她閉上眼，雙手如蜘蛛腳似地在半空遊走，彷彿摸得到某種我們無法接觸的物質。

「一樣棄置之物，一樣贈禮。」她終於開口：「一男一女，相互平衡。那個。」她眼也沒睜便往物品堆一指，對準了一個缺了左手的塑膠小蝙蝠俠。冬青姑媽彎腰將之撿起，用抱著嬰兒的姿態捧在胸前。

「跟那個。」奶奶加上一句，指著物品堆的另一個位置，這次由我把東西拾起來。《巴斯克維爾的獵犬》，亞瑟·柯南·道爾爵士著，我從沒讀過。

奶奶看看冬青姑媽，再看看我，半晌後滿意地點頭，說：「走吧。」隨後再度橫越草原，朝餐館的反方向走去。

我沒問她為什麼選蝙蝠俠人偶跟書，好久以前我就放棄問這種事了，因為奶奶只會回我這類的話：「懸崖想要什麼就是什麼，我該做的是找出最匹配的能量。」

聽起來完全沒道理。沒關係，只要儀式照常發揮作用，懸崖照常佇立，我就沒意見。

奶奶的房子非常奇特，最初大概只是個小木屋，建造年代是……天曉得哪一年……那之後又增建了數不清的樓層、廂房等等，現在成了占地廣闊的誇張大宅，簡直像是從吉勒摩·戴托羅電影中跑出來的。這房子竟然有角塔，老天爺，而且足足有三座。

我們三人按奶奶的規矩在前門脫鞋，來到起居室，走在最後的冬青姑媽把拉門鎖上。每逢儀式她總會這麼做，而且現在更得鎖門，畢竟席歐跟布蘭迪隨時可能闖進來。他們並不曉得我們家族為了避免懸崖崩毀、保護這個鎮的安全，究竟施了哪些手段，家人也明言禁止我告訴他們。

講得好像我會想要告訴別人，怎麼可能，拜託。

奶奶動手生火，冬青姑媽則走到起居室另一端，從雙人沙發下取出一個眼熟的木盒。我輕手輕腳走到她身後，打算拿片我的葉子。

「可以不要這樣嗎？」她厲聲說，把木盒往胸前一抱，用背脊擋住我的視線。

我正想回嘴，還沒出聲，只見奶奶瞥了我一眼，搖搖頭。我嘆了口氣，嚥下反駁，讓出更多空間給冬青姑媽。換作其他時候，我會無視奶奶，叫冬青姑媽不要那麼機車，只是姑媽不到五個月前才失去石楠，八成有資格做人機車一點。於是我沒發火，回到爐邊，隨姑媽自己去挑葉子。

爐中，火焰彷彿顏色鮮亮的幽魂在跳舞，底下的木柴劈啪作響。但我頭一回注意到另一件事：木柴底下壓著什麼，在我凝視的同時越燒越熱。我瞇起眼，努力想要看清。

我問：「為什麼裡面有顆石頭？」

奶奶走過來，站在我身旁。「裡面一直有顆石頭。」

「喔。」我說，覺得自己有點蠢。「嗯，可是為什麼？」

「那是懸崖的碎片，」奶奶說：「火焰接觸到那塊石頭時會產生連結，再透過石頭連到懸崖本身。」

我點頭，揉著脖子思索這段話。石頭是個媒介，是儀式的一環，像我一樣。酷。

冬青姑媽總算搞定那盒葉子，回來和我們一同站在爐前，手中拿著三片乾葉。

一片細細長長，一片小巧、帶有尖角，一片有如寬胖的淚珠。

「媽，橡樹葉呢？」她問奶奶。

「哦，對、對。」奶奶說著將手伸進口袋，同樣拿出一片葉子，然而這片顏色鮮綠，是剛摘下來的。這是五朔節神樹的橡樹葉。冬青姑媽伸手要接，奶奶卻縮了手：「也許該讓白楊來，這是他今年第一場儀式。」

興奮的情緒在我胃裡綻開，但我沒表露出來。我愛死這個了——參與古老儀式，為了重大使命施展魔法；還有，我就招了吧：我也愛藉著機會賣弄一下本事，因為我真的對魔法**很拿手**。

「好啊，我來。」我說，伸手拿葉子。

冬青姑媽緊抿嘴唇，不過仍遞了片乾葉給我，是淚珠狀的白楊。

我手持葉片，距離火焰幾吋之遙，複誦我們家族自遠古便代代相傳的咒語：「吾名等同吾身，雙雙奉獻於汝。」隨後，我任由與我同名的葉子落入火中。葉片燃燒時，我想像火舌把我連結至柴堆下的石頭，再連向一里開外的懸崖。

「吾名等同吾身，雙雙奉獻於汝。」冬青姑媽說，把帶尖角的冬青葉投入火堆。奶奶用柳葉重複相同動作。

待那些葉片全數化為飛灰，奶奶一言不發地將橡葉也拋進爐火——剎那間，一切驟變。火舌竄高，一瞬之間閃耀萬千色彩，最終固定在一種不自然的詭譎色調，介於藍、綠、青色之間。火焰不再散發熱氣，卻仍像真正的火那般不斷跳動。

有

夠

帥。

「玩具先來。」奶奶說。

冬青姑媽把蝙蝠俠遞給我。「你負責探取，」她說：「我來傳送。」

奶奶在旁點頭同意，這兩件事奶奶都做不了。無所謂，我也比較喜歡探取，傳送很無聊。

我接過她手中的蝙蝠俠，閉上雙眼。不要仰賴視力，一向能讓我把握得比較準確。

我撫過蝙蝠俠的軀幹、兩腿、帶尖耳的頭部，在指間感受布質披風，尋覓能夠探入的破口，讓我超越物品的形體，深入那片肉眼無從得見的領域，那裡會有線索指引我正確方向，連接上將玩偶送給神樹的原主人。

手指碰到玩偶缺了左臂的關節時，我才找到入口。手中的物品不再只是個可動人偶，而是備受珍愛的寶貝，待在某個男孩的手中令它最感自在。玩偶記得那男孩如今的模樣，他長成了滿懷自信的青少年，最近打定主意要捨棄壞掉的兒時玩具。好幾年前，他只是個莽撞的小學生時，「壞掉」的玩具對他來說等同「最愛」，尤其是可動人偶。基於這個原因，儘管蝙蝠俠在對抗神力女超人的激戰中失去左手，他也並不在意。

過去對玩具的依戀？也許我可以取走這個。

「不夠。」奶奶說，我微微嚇了一跳。「白楊，這條裂縫需要更強烈、更明亮的東西才能修好。即使我們取走的東西在懸崖那邊都會化為能量，可是能量有不同的味道、不同的力量——」

「我知道，我知道。」我打岔，但並不覺得煩。奶奶偶爾會這樣，在三位儀式的過程中進入指導模式，我猜要是你總得跟抽空來協助儀式的人解釋細節，自然而然會變成這副樣子。

「我知道你知道。」她戲謔地說：「那就快做。」

我更深入探尋蝙蝠俠原本的主人。他總是不太在乎成績，儘管他的平均成績始終只有B。對家人充滿保護欲和強烈的愛，就連討厭家人的時候也依舊如此。深愛著一個女孩，情意綿長，初次注意到她的時候是五年級，因為那女孩在運動會上跑贏他。絲絲縷縷的友誼往四面八方伸展，無可撼動，備受珍視。有信心能打好橄欖球、籃球、足球、桌球、網球，我的媽，也太多種球……

啊，好勝心。

或許就是這個，既像奶奶要的那樣明亮，取走了也未必會讓他難受。

找到了，我心想，接著才意識到我說了出口。我張開眼，只見奶奶若有所思地朝我點頭。

「愛比較，」奶奶瞇眼注視我，「爭強好勝。親愛的，做得很好。這東西幽微、強烈，無疑是很明亮。很好，把它取出來。」

就等這個指令。我再度閉上眼，用意念勾住那男孩的好勝心，彷彿那是擁有形體之物。我耗費了點時間才將它稍微扯鬆，這是意料之中的事，畢竟好勝心深植於他的人格當中，但我還是成功了。

儀式中的探取不同於平時的探取。如果是我探進別人身上取走東西，多半會用以下三種方式處理：我自己吸收掉、轉送給別人，或是任其消失。然而在儀式上，我必須用略有差別的方式施展魔法。

我專心致志，引導那男孩的好勝心進入爐火……直到它安坐爐中，呈現為混合了橘、黃、紫三色的光球。在此之前，它不過是個強烈的想法，此時卻肉眼可見。

奶奶一手放在我肩頭，露出十分以我為傲的神色。「白楊，做得好，你還是這麼優秀。換妳了，冬青。」

「我知道啦，媽。」她惱怒地說。

奶奶挑起眉來，沒說什麼。

我從爐邊退開，雙膝發軟，身體介於喝醉跟宿醉之間的狀態，神智仍卡在自我意識跟剛才的偷竊對象中間。以探取後遺症來說不算太糟，但依然讓人分不清東西南北，這麼說還算有修飾過了。

這就是為什麼儀式需要三個人。火爐裡的事物已經開始閃爍消退，倘若沒人插手為其指路，很快就會徹底消逝；可是以我現在的狀況，根本做不了這麼多。

冬青姑媽湊近火邊，捲起袖子，把橘黃紫光球捧進手中。她什麼也沒做，只是盯著那東西看，繼續盯，再盯。她一面盯，雙手一面緩緩動了起來，將光球越縮越小，變得更緊實。

我微笑。這也是我熱愛三位儀式的原因之一。一般來說，我們家族在探取時是無法看到的，但要是像這樣藉由火焰互相連結，我就能見證一切。我能親眼看著我探取的成果在面前閃爍發光，也能看著冬青姑媽將它傳送給懸崖，火焰會把它轉換為純粹的能量，前往緊鄰三峰鎮的巨大岩壁，修復石上的裂縫，使懸崖完好如初。

不用說，這整個過程真是帥斃了。

「成功了嗎？」冬青姑媽轉頭問奶奶。

奶奶輕閉雙眼，雙手再度像蜘蛛腳般揮舞，片刻之後說：「有進展了。接下來是書，白楊，這次拿點不一樣的東西。不那麼顯眼的，或許可以小一點，更私密點。等你準備好就開始。」

此時，我的腦袋已清醒不少。我把蝙蝠俠放在火爐前，改而拿起殘破的小開本平裝書，閉起眼，雙手撫過書封，尋找探取的入口。

我是在把書湊到鼻前嗅聞時找到破口。書上混雜了灰塵味、霉味跟老舊紙張的氣味，一個人的樣貌在我腦中成形。是個女孩，和我同年，十七歲。對某些事不輕易多言，對某些事則胸有定見，不怕把想法說出口。這本書在她背包中旅行，在她枕下入睡，去過她朋友的家，滿懷思念地回到她身邊。也說不定是她思念這本書，而不是反過來。紙張的氣味在我鼻腔縈繞，指尖撫摸著稜角已磨損的書頁，我很難將她跟書拆分開來。

我更深入探索書對她的記憶，搜尋可以拿取的事物。對於一段已逝友情徘徊不去的內疚？對老闆的忠誠（是哪裡的老闆——喔，鎮上的書店）？對某個朋友的戀慕？說不定這個可以。

「不夠。」冬青姑媽嚴厲地說，嚇得我猛地睜眼。她正在看我，應該說瞪著我。喔對，這又是只在儀式中才會發生的事。平常別人看不到我探取，就連我探取的對象也不會曉得。可是在儀式過程中，所有人事物相互連結，代表冬青姑媽跟奶奶都看得見我正在做什麼。

「媽說要私密的，」冬青姑媽接著說：「你沒在聽嗎？」

我以為愛慕算是挺私密的了，但既然奶奶沒出聲反駁，我便點了點頭，再度閉上眼探取。

「是那個人嗎？」我聽見冬青姑媽悄聲說：「又是那女生？之前不是才從她身上偷過嗎？」

奶奶輕哼一聲，「對，幾個月前。」

女孩愛書。喜歡大部分動物，唯獨不信任鳥。最愛吃水牛城辣雞翅跟蔬菜水餃。喜歡逛二手店，刻意培養有些奇特的穿衣風格。喜歡自己一個人待著。

「就是那個。」奶奶吁出一口氣，「你找對方向了，再挖深一點就好。」

我不曉得她要的是什麼，不過我鎖定喜歡自己獨處的部分，向下挖掘。女孩會在林間消磨整個下午，坐在樹蔭下看書。如果日暖風和，她常搭起帳篷，用同樣的方式度過一夜。或者她會租艘獨木舟，去……那是席歐、布蘭迪跟我最近常去的湖嗎？對，沒錯。

她會租艘獨木舟，在湖心划船，用海灘浴巾罩住自己，然後看書。一看就是好幾個小時，獨自一人，與整個世界徹底隔絕。

奶奶的手落在我手臂上，緊緊抓住，我感覺得到她的指甲刺入皮膚。「很好，」她說：「完美。她以為能逃離現實生活，是不是？以為不會有什麼後果？想得真美。」

我不明白她為何這麼說，但不打算問，起碼不是在儀式進行到一半的時候。我姑且只問：「船的事？」

「船的事。」她肯定道。

於是，我牢牢抓住那女孩對船的喜愛，以及對恬靜獨處時光的喜愛。我找到這份喜愛與她整個人格交融之處，用意念深深挖下去。

「很好，」奶奶再次開口：「做得很好，繼續。」

我繼續進行，偏偏在這女孩身上很難施力抓牢，奇怪。我更用力緊抓那本書，貫注全副心神，試著屏除奶奶跟姑媽的密切關注，不去理會她們正在一旁觀看。我用力拉。

再拉。

再拉。

有什麼脫落了——可是感覺跟上次不一樣。在蝙蝠俠的原主人身上做起來很簡單，像是從疊疊樂的側邊抽出一條積木。這次我卻費了好大的勁，力道大得彷彿**我內在**有什麼跟著鬆脫了，隨著那女孩的東西被取走，我感覺得到自己體內彷彿跟著失落了什麼。詭異，何況我剛取走的東西並沒多了不起。

但我仍盡力抓住它，輕輕推向火焰。這次的光球比第一顆來得大，飄在空中，同樣是橘、黃、紫三色，邊緣閃著紅光。

冬青姑媽開始施法，我則準備迎接比第一次更嚴重的後遺症。既然我費了這麼大工夫才偷到，後遺症更強也在情理之中。

沒想到，後遺症的暈眩感始終沒出現。

詭異。

我低頭凝視手中平凡無害的小說。《巴斯克維爾的獵犬》，乍看毫無特別之處。冬青姑媽的魔法告一段落，光球消失，她轉頭問奶奶：「懸崖怎麼樣了？」

「好極了。」奶奶啜了口茶才說：「很穩固，裂縫消失了。」

在她說話的同時，火焰恢復正常，深淺不一的橘取代了藍。出於好奇，我翻開封面，書頁上蓋有「**我叫做：**」的印章，底下用極其端正的筆跡寫了名字。

莉亞．拉姆齊—沃夫

「很好，」冬青姑媽簡短地說：「那我去睡了。」

她連句晚安也沒說，便開鎖走了出去。奶奶跟我一同目送她離開。沉默開始變得尷尬，我開口說了顯而易見的事實：「她還在難過。」

奶奶揚眉。「怪不了她，才過幾個月而已。」

我點頭。這我曉得，畢竟我自己也參加了喪禮。但我跟石楠本來就不怎麼親近，一年差不多只見得上一次面，頂多兩次。跟她相處是很有趣，她死了我自然傷心……可是，真的會難過這麼久嗎？

「她只有石楠這個女兒。」奶奶接著說，語氣柔和。「我知道你很難想像失去孩子的感受，我也希望你永遠不需要體會。但給她一點她需要的空間，好嗎？」

我再次點頭，儘管從我跟朋友到鎮上以來，我壓根很少見到冬青姑媽。她要不是在辦公室，就是待在房間裡，只有吃飯時例外，有時甚至連吃飯時間也見不著人影。

我揉揉後頸，想到石楠、喪禮跟冬青姑媽，脖子又緊繃起來。每次談到尷尬的話題我都會這樣。

「所以說，」我嘀咕道，滿心只求換個話題。

「所以說，」奶奶重複道，溫和地打趣我，我放鬆了些。「白楊，你今晚做得很好。當然了，你一向表現得很好，但你的力量比我們上次見面時來得更強，而且更精準，這可不是簡單的事。我以你為榮。」

聊這個話題容易多了，況且我心知她說得沒錯，我對探取比去年夏天更拿手，她注意到讓我很高興。

「謝謝。」我說：「喔對，你們跟莉亞・拉姆齊──沃夫是怎麼回事？」

「莉亞？」奶奶說，陡然面露疑心。我指著寫在《巴斯克維爾的獵犬》上的姓名，向她示意我怎麼會知道這個名字，她露出恍然明白的表情。「啊，對。這個嘛。」

「我看得出妳顯然受不了她，妳們兩個都是。所以是……？」

奶奶一聲嘆氣，搖搖頭。「沒什麼，陳年舊帳了，以前的過節。你用不著擔心。」好像很有意思。「拜託，跟我說嘛。」

「白楊，」奶奶的語氣幾乎跟冬青姑媽一樣尖銳，「別管這件事。」

「隨妳便。」我說。就算她不想告訴我，我自己輕而易舉就能找到莉亞・拉姆齊——沃夫，挖出我要的答案。

「確實是隨我的便。」奶奶說：「你怎麼不去看看朋友回來了沒？」

布蘭迪跟席歐，差點忘了。

「對，」我說：「我最好去看一下。」

我快步繞過她，踏出冬青姑媽沒關的門，走進前廳。從整齊排列在門口的鞋子中，我認出布蘭迪晶光閃爍的涼鞋，但沒有席歐的鞋。我抬頭往樓梯上掃了一眼，燈全是暗的。怪了。

隨後，我拿出手機一瞧，謎團就此解開。五則訊息，一則是布蘭迪傳的，四則是席歐傳的。我先讀布蘭迪的訊息：

睡覺去。明天見。吼真是人生最糟的一天。

最糟的一天？我壓下笑意，點開席歐的訊息。

呃布蘭迪剛剛跟我分手耶？？？

我去兜兜風。

不用等我。

兄弟，這輩子絕對不要被甩，糟透了。

我關掉手機，放回口袋，鬆了一大口氣。在餐館時，我決定把意念探進布蘭迪身上，偷走她對席歐的愛，終結這段三天兩頭公開熱吻、大秀恩愛的白痴戀情，當下我沒多想往後的事——

好吧，那不是真話。讓他們分手這件事我考慮好幾個月了，我擬了各種方式，做了之後的打算，可是總有什麼因素阻止我放手實踐。想到別人會問問題，想到在學校的後續效應，諸如此類的蠢事讓我遲遲拿不定主意。

然而，就在今晚，席歐偷了根我的薯條——我的薯條！——拿在手上餵給女友吃，嘴裡還發出荒唐的飛機引擎聲。布蘭迪看起來尷尬得要命，但也彷彿愛死他了，然後吃了薯條。她**吃了**那根薯條，於是我就這麼下定了決心。

我不假思索探進布蘭迪的心智，消除她對席歐的愛。看來這件事已圓滿落幕：他們分手了。

「白楊，親愛的？」奶奶說，把我嚇了一跳，我這才意識到自己文風不動站在前廳，十足變態地咧嘴對著手機笑。「怎麼了嗎？」

「喔，沒事，」我說：「一切都好得很。」

因為，他們分手不僅代表我再也不用聽那種白痴飛機聲……

也代表布蘭迪恢復單身了。

之前

二月最爛了。這是科學實證的事實。不過今年二月時，我記得自己心想，就客觀層面而言，這個月絕對是全世界有史以來最爛的二月。原因有三個。

首先是石楠。冬青姑媽打電話通知爸，爸接著告訴了媽跟我。她的肺出了不知什麼問題，某種我至今不曉得病名的急症。大家互相給了很多擁抱（我也有），哭了不少眼淚（我沒有）。

我們前往上州參加喪禮，在場的人只有我、我爸媽、奶奶、冬青姑媽，還有幾個飛來幫忙灑骨灰的遠親。石楠的朋友都沒來，我有點驚訝，不過石楠一向挺宅的，說不定她純粹是沒幾個朋友。

二月很爛的第二個原因是布蘭迪。我瘋狂暗戀她兩年了，偏偏始終沒鼓起勇氣約她出去，結果二月十日那天，在某場派對中，我撞見她跟席歐在他家門前的樓梯上擁吻。布蘭迪招認說他們已經交往了一週左右，只是還沒公開。

再來是第三個原因。就算我是該死的先知，也料不到這件事。

我媽離開了我們，而且偏偏挑在情人節那天。她總說情人節沒什麼意義，不過是個商人賣卡片賺錢的節日，所以照理來說我不該在意這個日子，但那晚我關在房間裡，心知媽正搭火車前往長島，**與此同時**布蘭迪跟席歐八成正在浪漫約會，吃晚餐、看電影、你儂我儂，想來就格外揪心。

關進房間之前，我跟爸吵了一架。在吵架之前，媽抓住我的肩膀，凝視我的眼睛，說了一段她明顯演練過的話：「白楊，要是你哪天也想走，就打給我，好嗎？不管什麼時候我都會來接你，就算是十年之後，只要你想改變——只要你想擺脫這一切——就給我個電話。好嗎？」

我的反應自然是問她到底在說什麼。

「你會明白的。」她只說，雙眼泛起淚水。「天哪，希望你會。你只要記住，你是個善良的人。如果你想離開，打給我就好，我能幫你。」

然後她拎起一個行李箱，走了。

等我從她離去的震撼中回過神，我走進爸媽的臥室，立刻印證了我的猜想：媽走得倉促，那個行李箱當中壓根沒打包多少東西，衣櫃大半是滿的，拖鞋留在地上，床頭散落著各種用品。

我隨手拾起某樣東西（外公從香港寄給她的一小本中文詩集），走出去遞給爸。

爸癱坐在廚房的餐桌前，看似正努力忍住不哭。

「好，我不曉得你們兩個是怎麼了，但你要讓她回來。」我說，把那本書用力按在他面前。他抬頭望著我，一臉茫然，於是我用更簡單的話重複一遍：「讓。她。回。來。」

他眨了幾下眼，看看那本書，又看看我。「白楊，我辦不到。」

「你在說什麼，」我說：「你當然辦得到啊。」

他一聲嘆息。

我腦中閃過另一個更可怕的念頭。「你不想要她回來？」

爸用手抹了抹臉。「我當然想。」他的聲音細弱無力，讓我頭皮發麻。

「那問題在哪？」我說：「快啊。」

他說：「不行。」

我用掌心猛力往書封一拍。「快啊，你偷啊，不然我自己動手。」

他倏然起身，像是被我打開了什麼開關，從破布娃娃搖身變為嚇死人的魔鬼終結者，居高臨下對我說：「絕對不准。」

我不肯退讓，畢竟事關媽媽。「我說要就是要。」

「好，你給我聽著，不准用任何手段改變你媽媽。你知道規矩。」

「喔少來了，就這麼一次——」

「絕對不准。」爸眼神凜冽：「傑瑞米，明白沒有？」

我閉上嘴。爸從來不用我正式的名字叫我，媽也是。從我八歲起，我一向用中間名「白楊」來自稱，從那時起就沒換回去，爸媽只有在大動肝火時才叫我「傑瑞米」。

所以我點了頭。

我本來能讓一切恢復如初，從媽媽身上偷走讓她想離開的因子，從爸身上偷走讓他不願使媽回心轉意的因子。探進他們兩個人的心中，找到拆散他們的因子，讓它消失。

然而，快克家族有個不容挑戰的家規：不從家人身上偷東西。不偷就是不偷。就這方面而言，爸說得沒錯：無論媽想不想要，她仍是這個家族的一分子。因此，除非我認為她不再是我的家人，否則我不能對她使用探取。

換句話說，我沒辦法讓她回頭。

第二章

在三峰鎮，每天早上總有咖啡與培根香從廚房飄來，將我喚醒。其實奶奶根本沒想過要用這個方式代替鬧鐘，她覺得我想起床自然會起床，就算不起床也不干她的事。只要懸崖有所求的時候我在，她不太管我其他時間跑去做什麼。不過奶奶煮早餐時我一定起床，拜託，有培根耶。

然而，今天早上的培根咖啡香中混雜了爭吵聲，是從東廂房傳來的。

我每次來鎮上都是住東廂房，那裡是客房的位置，總共有兩間，所以我住那邊也是順理成章。不過今年夏天，兩間客房都讓給布蘭迪跟席歐住了，冬青姑媽跟奶奶以為他們一人住一間，但我清楚得很，他們其實一起睡在席歐的房間裡。

至於我，則住石楠以前在西廂房的房間。這沒有聽起來那麼陰森，因為打從喪禮結束，房間已幾乎清空。撇開衣櫃裡仍有幾件衣服、抽屜裡還留下幾樣物品，在視線可及之處什麼也沒有，除非你特別去翻東翻西。

我聽不出是在嚷些什麼，音量沒有大到能聽清內容，只聽得出事態緊急，我決定在下樓前先去看看。於是我摸索著找到眼鏡，在石楠的全身鏡前停了半晌，確定頭髮沒睡成什麼離譜的樣子，接著走向東廂房。

「你真的很幼稚。」布蘭迪的嗓音從席歐的房間傳來。

我走到房門口，恰好聽見席歐答道：「才沒有。妳想要空間，不是嗎？妳就是這麼說的啊，妳要空間，那就給妳空間。」他邊說邊把衣服從抽屜拉出來，塞進攤開的行李箱。

大事不妙。

「喔，我懂了。」布蘭迪說，站在席歐旁邊俯視著他，雙手環胸，儘管面有怒色，照樣正到不行。「你是要裝大方，好體貼喔，好有騎士精神。」

「大方？」席歐把手機充電器塞進行李箱一角，「少來了。」

「少來了。」布蘭迪學他，「好啊，你就趕快回家吧，那白楊呢？在這種時候，你要丟下你最要好的朋友不管？」

這種時候，她指的是我還在消化我對於石楠之死的情緒。不過坦白說，我會有情緒，主要是因為冬青姑媽對石楠之死的情緒。也就是說，我絲毫不想接近冬青姑媽，因為冬青姑媽還處於借酒澆愁、滿腔怒火的狀態。

老實說，我的情緒就只有這麼多，可是布蘭迪老是有意無意地傳達我應該更加傷心、應該有情緒問題要處理什麼的。要是我告訴她我沒有，聽起來豈不是個沒血沒淚的大混蛋，於是我索性就隨她去了。

「不是妳走就是我走，」席歐說：「昨天都搞成那樣了，我可不想在妳隔壁一路住到月底。」

布蘭迪說：「那該走的也是我。」

我渾身一僵。我的機會好不容易來臨，她不能走。

「妳？」席歐說。

「當然啊。」布蘭迪說：「他最要好的朋友是你，不是我，他會邀我來只是因為我在跟你——我**之前**在跟你交往。」

呃，才不是。

席歐停住動作，手裡緊握著幾件T恤。「喔，所以換妳要裝大方了。」

「天啊，你真的很幼稚！」布蘭迪又說一次，「吼，我去收東西。」

她轉身就要往門口走，見到我站在門邊，頓時煞住。

「白楊。」她說。

席歐一驚，朝我望來。「啊，嗨，老兄。」

「嗨。」我應道。有那麼一瞬間，我們三人只是呆看著彼此。我得想個辦法解決這個問題，立刻馬上。

「好，你來選。」布蘭迪最先從尷尬中回神，「一點有客運可以回紐約市，我們誰該去搭那班車？」

「你們都不要搭。」我說：「拜託啦。我可以跟席歐換房間，看會不會比較不尷尬。不要走，好不好？」

他們互看一眼，無聲交流了兩秒鐘，這似乎是情侶專屬的能力。剛分手的情侶大概還保留著這種能力吧。

「選一個就是了。」布蘭迪說，似乎突然精疲力盡。「我們保證不會生氣。」

席歐臉色一沉，我看得出要是我選擇留下布蘭迪，他會非常生氣。

「拜託啦。」我誇張地嘆了口氣，「起碼先吃個早餐再說，可以嗎？喝杯咖啡，好好談一談？」我自然不打算讓他們談，因為情況可能不會照我希望的發展，可是我得爭取時間。幾分鐘就好，讓我思考該怎麼辦。

又一陣無聲的交流，接著席歐說：「好吧。」

布蘭迪簡單地點頭，大步經過我，走出房間，下了樓。席歐目送她的背影，神色很是受傷。受傷大概是為了分手，或是為了我可能會挽留布蘭迪，叫他打包回家。他纏著要我帶他來上州好幾年了，好不容易今年夏天能跟來。我明白，無論他受傷的原因是什麼，我都要盡快把他這種感受給消除，何況害他難過的罪魁禍首就是我。

「你有收到我的訊息嗎？」他的嗓音比平時更低啞。我點頭。「老兄，到底是演哪齣啊？真的是……太突然了，晴天霹靂。我說了什麼踩到她的雷，她就這樣……不想理我了。就分手了。」

我面露同情，「這樣真的太讓人難過了。」

「你不會曉得我有多難過。」席歐說，手裡仍拿著T恤。

其實我完全懂。嗯，確切來說可能不算同一種難過，但我還記得發現他們交往的那天晚上是什麼心情，我不覺得席歐此刻的處境會更慘。

「難過死了。」他重複道，嘆了一聲，然後說：「去吃早餐嗎？」

「你先去，」我說：「我戴個隱形眼鏡。」

席歐把T恤扔進行李箱，邁向樓梯。我慢慢朝浴室走去，等他一離開視線範圍便馬上折返，從行李箱掏出一件T恤，再走進布蘭迪住的藍色房間，拿起收納櫃上的一根髮夾。

我先將意念探進髮夾，隨即感應到一個明顯的空洞，是昨天偷走她對席歐的愛而留下的。這個空洞尚未完全癒合，在不平整的邊緣有幾絲厭惡與惱怒，這些情感本來被原先的愛掩蓋過去了。

我抓住她那些負面情感，將之拔除。她確實有那麼一點想拋下我跟席歐，離開三峰鎮，我把這念頭也取走了。

在席歐的T恤中，離開三峰鎮的渴望更加強烈，比較難用意念抓牢，但我還是將它偷走了。我也拿走了他想給布蘭迪好看的念頭（因為布蘭迪毫無預警地跟他分手，甚至在公開場合給他難堪），以及想跟布蘭迪復合的期盼。

偷這些東西費了不少我心力，全部搞定後，我不得不坐下來，閉上雙眼。我只休息了片刻，等待後遺症消褪，讓我能分清他們跟我自己的心智。

等我下樓，席歐正把蛋舀到四個盤子上，坐在桌前的布蘭迪已開始喃喃道歉：對不起這麼突如其來地分手，對不起罵了那些話，對不起已經沒有當初的感覺了。

奶奶從頭到尾一聲不吭，不過我在桌邊坐下時，她瞥了我一眼，微微一笑。她絕對曉得我做了什麼。沒錯，她鐵定心知肚明。雖然沒有必要，我依舊對她稍稍點了個頭。

席歐沒察覺我們沉默的互動，聽了布蘭迪的道歉，說：「沒事啦，真的，不用介意。」

* * *

一如往常，我們決定去湖邊。我個人有點想換換口味，但為了讓我們三個之間的氣氛盡量維持正常，我終究妥協了。

開到湖邊的車程大約二十分鐘，一路上車裡安靜到不行。至少是好的安靜，而不是大家各自默默盤算要殺了對方的安靜。我在副駕駛座擔任選歌ＤＪ，席歐跟著每首歌在方向盤上打拍子，後座的布蘭迪一如既往在手臂上塗鴉。

抵達湖畔，我抱起我們那堆海灘浴巾，昨天喝剩四分之三的伏特加藏在底下，布蘭迪拎起酒瓶，我們便順著走熟了的沙灘小徑，來到湖邊。

天色有點陰，加上是週間，除了我們之外沒幾個人。我們隨便挑了個地方放下東西，席歐跟我走向租船店，布蘭迪留下來擦防晒。

「今天要不要試愛斯基摩獨木舟？」席歐問，「我們還沒試過愛斯基摩式的。」

我記得昨天很想玩愛斯基摩獨木舟，可是不知什麼原因，我一想到那種船就胃裡一絞。

「算了。」我說。

席歐聳肩，「那再租印第安式的？」

我們昨天坐過印第安獨木舟了，回憶浮上心頭，我胃裡又是一陣翻攪。呃，也許今天不要去湖上泛舟比較好，想到那一波波湖浪，一陣陣地搖……

「還是要腳踏船？選一個吧，兄弟。」

我一手按住腹部，盼望腹中停止躁動，搖了搖頭。「你選吧，我大概不划了。」

席歐端詳著我。「你還好吧？」

我還好嗎？我不太確定。或許我起床時覺得不舒服，搞不好是吃了早餐才這樣的，可能是培根沒煮熟。

但布蘭迪跟席歐也吃了培根，他們兩個看起來都沒事。

「我肚子怪怪的。」我說：「不曉得耶，今天我還是不要下水好了。」

席歐不解地望著湖，接著一聳肩。「無所謂，我們可以待在沙灘上。」

「如果你們要的話，一樣可以去租船。」

「嗯，」他說：「也許吧。」

哈，今天早上他還在收行李準備回家，就因為不想跟布蘭迪待在一起，這下他又準備好要租船跟布蘭迪一起划了。魔法不愧是我的拿手好戲，啊哈。

我們走回布蘭迪的位置，她已經把三條浴巾整齊地鋪成一列，坐在最左邊那條上。看我們走近，她站了起來，問道：「要等嗎？」她特意環顧四周，根本沒有人潮。

「我本來想試試愛斯基摩獨木舟，」席歐說：「可是白楊不舒服。」

「我沒不舒服，」我說：「只是肚子怪怪的。」

「哎呀。」布蘭迪說：「那這樣好了，反正昨天划完船之後我的手痠到現在，不然你去划獨木舟，我在這裡陪白楊？」

這比我設想的還要完美，而且真的不是我刻意安排。老天，要是我知道用肚子痛什麼的藉口能跟布蘭迪獨處，我早就裝病了。

「白楊，這樣可以嗎？」席歐問。

「你去吧。」我說。

於是他邁步走回租船店，布蘭迪跟我望著他在T恤外套上醜死人的橘色救生衣，將一艘鮮黃色獨木舟一路拉到水邊。「咻！」在布蘭迪開口的同時，只見席歐把船推離岸邊，打起槳來，節奏平穩，獨木舟飛快划了出去。要是他去比賽，八成會得冠軍。

「所以說，」我坐到中間的浴巾上，「你把他甩了？」

布蘭迪長長吐了口氣，往後躺倒在她那條浴巾上。「現在喝伏特加會不會太早？」

「什麼時候喝伏特加都不嫌早。」我答道，翻出酒瓶。我們其實是拿雪碧的空瓶來裝伏特加，因為偶爾會有警察來巡視這片沙灘，與其捅了簍子之後才用採取來補救，一開始就裝乖往往省事得多。我啜了一口，然後換布蘭迪啜一口，接著我問：「你們怎麼了？」

「呃，我也不曉得。」她說，把伏特加遞還給我，我把酒瓶擱到一旁。「聽我說，在這裡分手真的很對不起。我不想在你老家上演這種八點檔，可是……昨天晚上在那間餐廳，我好像突然看清了一切。」

「看清了？」

「對啊。就是，我跟一個很棒的對象交往了五個月……還是六個月？他什麼都好，但我們根本沒有共通點。完全沒有，是零。我們甚至沒辦法一起看電影，因為他喜歡那種被唱衰的主角打贏運動比賽的故事，每次看那種荒謬的電影我都想戳瞎自己眼睛，而我想看的電影——」

「要真的有人被戳瞎眼睛。」我說。我很了解布蘭迪的選片口味，基本上跟我差不多。

「沒錯，有的話就太棒了。」她對我露齒一笑，「可是他看不下去。我選的電影要嘛讓他覺得噁心，要嘛讓他無聊得快死掉。音樂也是，電動也是，還有書跟學校，基本上就是我們的生活品味差太多，你懂嗎？」

我點頭。我確實懂，在他們交往期間，我從頭到尾都有同樣的想法。席歐人很好，可是他某些方面基本是個書呆宅，比他更好的人才配得上布蘭迪。比如說，會讀真正的書，而不是只會看漫畫；會欣賞真正有趣的電影，而不是擺明為了得獎而拍的電影。

「喔，我忘了問，」我說：「妳看過《木星之血》了嗎？」

布蘭迪立刻精神一振。「拜託，看了兩次。你有看？」

「上映當天就看了。」我說：「很好看對吧？看到他們炸掉火星那段，我有想到妳——喔，還有手指那段。」

「手指那段！」她坐得更挺，「對不對？那隻外星人跟那個人的手指，我簡直受不了，超噁又超讚又超可怕，啊——我想再看一次！」

我說：「我可以跟妳再看一次呀。」

她笑起來，把太陽眼鏡往上推。「謝了，可是席歐不會想看，我覺得丟下他一個人不太好。」

「席歐不喜歡那部電影，是不是？」

「當然不喜歡。看完之後他一直說什麼太空船不可能是那種形狀，或是木星上面沒有生命——」

「木星上的確是沒有生命，」我說：「但那又不是電影的重點。」

「對嘛！」她說，臉上再度流露興奮：「就是這樣，重點不是科學，重點是有東西被炸掉，壞人在結局死掉，有人的手指被切掉，一小片一小片地切，直到——」

「噁，不要說了。」想起那個畫面，我不禁打顫，只有那麼幾分是裝出來的。

布蘭迪笑出聲：「你明明就很愛。」

「噁。」我又說了一遍。

「喔！」布蘭迪向後一靠，用雙手撐住，「手指片，這個不錯。」

我頓了一下，回想我是不是漏了什麼。「等等，什麼不錯？」

「喔，我是說樂團名稱。」她投來像是分享祕密的眼神，我暗自希望她沒戴太陽眼鏡，才看得見她的雙眼。「我會幻想我突然變得很有才華，然後組個樂團。所以我會把可以用的樂團名字筆記下來，以備不時之需。」

「手指片，」我邊點頭邊說：「嗯，這個不錯。」

她想了半晌，「出道專輯可以叫《血流成河》。」

我笑起來，「主打歌叫〈我看得到你的每條肌肉〉。」

「是不是？」她興致勃勃地說：「你就懂，我早該知道你會懂的。」

嗯，我當然懂啊。要是席歐不懂，只能說他是個蠢蛋。

這時，布蘭迪的手機響了。她在皮包中翻找，掏出手機，臉色有些鬱悶。

「妳爸？」我猜測。

「猜對了。」她說，接著清清喉嚨，朗讀簡訊。「『嗨親愛的，新聞說有龍捲風，想確認妳是否平安。』後面是三個笑臉，**三個**。」

「龍捲風？」我說：「這裡不會有龍捲風啊。」

布蘭迪翻了個白眼，「八成是中西部的吧，不重要。如果佛羅里達州有颶風，爸會在英文課傳訊息給我。日本有海嘯？爸突然很確定我死了。」

「他只是太擔心妳了。」我說，她不作聲，因為我們都曉得其實不是。布蘭迪的父母在她國中時離婚，打從那時起，她爸就認定布蘭迪也會突然消失。光是由於新聞說差了兩個時區的地點發生校園槍擊案，就整整兩天不讓女兒上學，這跟想確保小孩平安無事是不一樣的。

基本上，他肯讓布蘭迪跟我和席歐來上州住一整個月，簡直就是奇蹟。嗯，主要是我爸告訴他可以當成布蘭迪離家念大學的預演——但還是奇蹟。

「喝吧，會讓妳好過一點。」我邊說邊把酒瓶遞回去給她，「幸好要負責開車的是席歐，對不對？」

布蘭迪仰頭灌了一口，抹抹嘴，笑著說：「算他倒楣。」

之前

我開始暗戀布蘭迪・麥考利斯特，大概是在兵荒馬亂的高一。那時，剛開學的焦慮緊張漸漸消退，大家開始冒險走出初中的舒適小圈圈，我戴起帽子，覺得這樣會看起來比較成熟，於是吸引來同樣戴帽子的夥伴、對戴帽子的人有好感的人，以及戲劇咖。

布蘭迪戴粗項鍊、穿皮外套、在整條手臂上用筆畫刺青圖案，於是吸引來一些呼麻的傢伙，他們聊著等年紀夠大有辦法搞到假證件，就要去刺真正的刺青。

這兩群人的交集比你想像的要多。

即使如此，布蘭迪跟我依舊說不上幾句話，直到十月初，我們同一天被罰留校察看。除了她和我之外，後面坐著三個宅宅的男生，大聲抱怨著高中獎懲制度有多不公。老師戴著耳機坐在桌後，誰也不理。

布蘭迪坐在我旁邊，讀我們英文課指定要看的狄更斯小說。

「妳為什麼被罰？」我問，稍稍壓低音調，模仿老派黑道大哥的嗓音。

她對我微微勾起一邊嘴角，「傳訊息。」

「真的？就這樣？」

「在體育課的時候，」她說，一邊說著，鮮藍眼眸一邊亮了起來，「我沒注意看旁邊，結果排球打到我的手臂。我害那場比賽輸掉，大家都氣炸了。」

說完她竊笑一聲，彷彿引以為傲。

「可是應該很痛吧。」我說。

「喔，超痛的。」她捲起上衣短袖，看起來樂得要命。「你看這個瘀青，再過幾天顏色一定很噁，像殭屍皮膚那樣綠綠黃黃的，我好期待。」

我細看那塊瘀青，接著細看她的手臂，上頭畫滿又黑又紫又藍的墨跡。一幅繽紛的人魚圖從手肘幾乎延伸到手腕，人魚穿著貝殼胸罩，惆悵地凝望遠方，髮絲在身後的水中漂蕩。

我指著人魚說：「畫得很棒。」

「謝謝。我覺得鱗片畫得不太對，不過下次再重畫吧。她叫貝兒。」她壞笑著補上一句：「有聽出雙關嗎？」

我發出嫌棄的聲音，隨即接著笑了，審視那些魚鱗。我覺得畫得挺好的。但我注意到另一件事：有塊皮膚被貝兒的上半身蓋住，看起來比周圍的皮膚來得有光澤。

「那是怎麼了？」我指著問。

「喔，只是燙傷，」她說：「我不小心弄掉電棒捲，然後就——**滋滋滋**。」

電棒捲。我的視線向上飄，落在她微捲的金髮上，髮長超過肩膀，髮尾往內彎，輕倚著上衣布料。我總以為她是自然捲，聽她說出「電棒捲」，讓我彷彿窺見了她生活中不為人知的一面，得以了解布蘭迪如何成為布蘭迪。在那個瞬間以前，布蘭迪於我而言只是「某個女生」，是那群神祕存在的一分子：她們肌膚柔嫩，曲線玲瓏，髮絲觸手柔順，現身於我的學校、我居住的社區，與我極其朦朧的春夢之中。然而現在，多虧了貝兒、刺青、電棒捲、燙傷的疤痕，布蘭迪變得與眾不同。布蘭迪成了活生生的人物。

（另外，布蘭迪也促使我朦朧春夢的對象變得非常非常明確。）

「……是滿想把這個疤弄掉的。」她說著：「我是說，剛開始那幾天是挺酷，可是到現在已經將近一年，我受不了它了。」

她揉搓那一小塊皮，力道不大，免得弄糊貝兒的墨水，我壓下伸手做出相同動作的衝動。我想知道，布蘭迪的正常皮膚跟傷疤摸起來有什麼差別。

我只是問道：「妳在手上畫圖是為了遮傷疤嗎？」

她一臉奇怪地看我一眼，「不是，我畫圖是因為我喜歡畫圖。」

看來要是那道疤某天神奇消失，她照樣會把皮膚拿來當畫布。聽她這麼說我就放心了。

我問：「能不能借枝筆？」

她從書包掏出一枝筆遞給我。

接下來的留校察看時間，我用那枝筆做完社會課作業，等到學校終於放我們走，我「剛好」忘了把筆還給她。

那天晚上，我探進布蘭迪的筆，一面尋找，心臟一面怦怦狂跳。這還是頭一遭，我想取走的不是性格特質或情緒之類虛幻的東西，而是布蘭迪身上實際存在的事物：她前臂那塊燙傷的疤痕。

我找到傷疤，沒花多少力氣便將之剝離，用意念掌握住，品味著布蘭迪的一部分與我這麼靠近的感覺……然後我一個停頓。要是我想，我可以靠近更多的她。這枝筆大概藏著數不清關於她的祕密，我能一探她的日記（如果她會寫的話），我能欣賞她在手臂上畫過的每個圖案，搞不好還能窺見她光裸的模樣。

這念頭令我渾身顫抖。

然而不知為何，我就此罷手，不再深入探取。

假如她願意在我面前展現更多自我，她可以憑藉自身意志，照她自己的步調來。

我可以等。

布蘭迪……剛變得與眾不同、剛變成真實存在的她，值得等待。我將筆放下，任憑燙傷的疤痕消逝。

我好奇，她什麼時候會發現疤痕不見了。
我好奇，她會為疤痕消失想出什麼理由。
我好奇，她隔天會在手臂上畫些什麼。

第三章

我們沒在湖邊待太久，主要原因是少了布蘭迪跟我一起划獨木舟，席歐很快就覺得無趣，另一個原因是變冷了。雖說是夏天，偶爾還是會轉涼，畢竟這裡不但跟紐約市相距五小時車程，四周又有群山環繞。因此，布蘭迪和我沒喝上幾口伏特加，席歐便拖著獨木舟回到岸上，問我們附近還有什麼好玩的。

答案是：沒啥好玩的。如果你不喜歡登山，消遣就更少了，偏偏我不喜歡登山。席歐跟布蘭迪是挺喜歡的，可惜沒有適合的鞋子，於是我們決定返回三峰鎮，看看白天商店開業的大街是什麼樣子，反正我們還沒好好逛過那條街。

對了，那條街真的就叫「大街」，活像一九五〇年代那種少年與忠犬情境喜劇裡會出現的名字。店家延伸了三個街區，由書店與超市各據一端，中間有幾間走裝可愛路線的服飾店、漢堡很好吃的餐館，以及豆倉咖啡，那裡的卡布奇諾其實還不錯。

應布蘭迪的要求，我們先去了豆倉咖啡，好讓她帶杯香料奶茶。隨後她不管席歐含糊的反對，一馬當先走進其中一間裝可愛服飾店——立即掉頭走出來，因為她發現那些標榜「在地製作」的衣服全都貴得驚人，一件上衣要價四百美金。歡迎來到三峰鎮。

再來只剩書店可逛了，店名叫「水檬書店」。我推開店門，頭頂上鈴聲輕響。儘管午後涼爽，店內的冷氣仍強力吹送，上方的音響系統隱約播著滾石樂團的歌曲〈同情惡魔〉。

店裡人不多。幾個人湊在書店後方的隱蔽角落，一起審視書架；有個看起來很嚴肅的老人正把「在地文化」書櫃上的書扶正。

「喔，當地傳說！」布蘭迪說，走向那位老人，席歐則直奔漫畫區。然而，我的注意力卻被書店前方大聲講話的三個人給吸引，其中兩個分別是與我年紀相仿的男生跟女生，另一個是年齡較長的女子，站在他倆旁邊，似乎是媽媽。

那男生套著鬆垮的褲子、大號連帽T，一副「什麼時候可以走」的表情。女生挺高，氣質端莊，黑髮蓬亂地散落肩頭，穿著嬉皮風長裙，腳上沒穿襪子直接套了運動鞋，上衣是寬鬆厚實的開襟毛衣，在腰部束起，配上條紋領帶。她目光犀利，臉上不帶笑意，儼然是全世界最嚇人（可能也是年紀最輕）的英文老師。

布蘭迪也有幾件類似的衣服。我往她的方向瞥了一眼，好奇她是否留意到這女孩，不過她已經埋首讀著一本書，封面上是沒有臉的西裝男人。所以我沒去打擾她，只是邊瀏覽暢銷書區邊側耳傾聽。

「老實說，我自己也不怎麼看書。」那個媽媽說，拿著一張紙遞到領帶女面前，像舉著一面盾牌。「書單上我只讀過海明威，然後……坦白說，我不是很喜歡。」

「哦，暑假書單。我還有《格列佛遊記》跟《科學怪人》要看，得在九月前讀完。我總會讀完的，大概吧。」

領帶女掃視書單，片刻後戲謔地勾起嘴角，「喔對，《戰地春夢》，我也不怎麼喜歡。那《使女的故事》呢？」

男生驚恐地瞪大眼，「那是女生看的耶！」

「對啊，」領帶女隨即接口，笑容略顯不快。「這代表你可能會是班上唯一讀了這本書的男生。你叫約翰，對吧？念三峰高中嗎？」

他點頭，表情越來越戒備。

「暑假過後就上高二？」

他再次點頭。

「我想也是。」她說：「我兩年前也拿到一樣的書單，史密士老師按照我們看過的書把大家分成幾個讀書小組，叫我們那個禮拜做小組作業。我讀的是《使女的故事》，另外還有五個女生跟一個男生。就那麼一個男生。所以他那一整個星期都跟六個女孩子待在一起，而且我跟你說，我們幾個女生對他讀了女性主義經典可是驚豔得很。」

男孩看來開始有點興趣了，可是他媽媽狐疑地看著領帶女。「為了這種原因選那本書似乎不太好……」

「也不至於太壞。」領帶女說。

媽媽猶豫半晌，舔了舔嘴脣。「也許書單上有些比較……呃……適合男孩子的書？」

領帶女瞇起眼，我感覺得到室內的空氣彷彿變得稀薄。「適合男孩子，」她不帶情緒地重複道：「妳這樣說，意思是指男人寫的書？主題跟男人有關的書？書裡只有扁平的女性角色，完全是因為男人需要戀愛對象而存在？是這個意思嗎？」

「在地文化」書櫃前的布蘭迪停止看書，定睛看著領帶女。她注意到我的目光，我們朝彼此挑起眉來，含意相當明顯：領帶女超帥的。

女人目瞪口呆，有那麼一瞬間，我以為她會斥責領帶女沒禮貌，或是叫她找經理出來。但她沒機會這樣做，她什麼都還來不及說，那男生便開口：「呃，那我看《使女的故事》好了。」

領帶女的挑釁態度宛如幻影般消失，對男生露齒笑道：「選得好。」她從暑假書單區拿起一本書，男生接過。領帶女再度檢視書單，「那現代文學經典就搞定了，然後呢？喔，美妙的歐洲經典文學。跟我來。」

她旋身走向往書店更深處走，男生跟了上去，如同訓練有素的狗狗。他媽媽沉著臉目送他們，可是神情不久後便軟化，搖了搖頭，幾乎露出微笑。她轉向陳列暢銷書的桌子，發現我在看她。

「我早該猜到她會有這種反應。」她有些自嘲地說：「莉亞對書有很強的主觀意見。我只是……看書的喜好不一樣，大概吧。」

「莉亞？」我複誦。這名字讓我腦中警鈴一響，但我過了一會才想通：昨天的儀式，以及奶奶對《巴斯克維爾的獵犬》原主人的嫌惡。「是莉亞・拉姆齊—沃夫？」

女人點頭。「我家羅伯跟她姊姊瑞秋同班，他們幾年前畢業了。瑞秋跟她一樣，聰明絕頂，卻武斷到近乎失禮的程度。」

她再度搖頭，轉身走掉，這時布蘭迪過來了。

「你認識她？」她凝視著莉亞的背影問，語氣像是在問：**你認識女神卡卡？**

我自然是不認識莉亞，可要是我這樣告訴布蘭迪，就得解釋我為何知道她的全名——還是不要吧。因此我選擇轉移話題，隨意拿起一本暢銷書，說：「妳讀過這本嗎？」

「《飢餓遊戲》？」布蘭迪翻了個白眼，「當然啊，每個人都看過，連每個人的媽媽都看過。」

「我只看過電影。」我說，翻開第一頁讀了起來。

布蘭迪會意，於是回到「在地文化」書櫃。

莉亞領著那男生走向收銀臺，他媽媽付錢買了小山似的一堆書，兩人離開書店時，莉亞面露得意。那表情其實挺適合她的，雖說有點嚇人。她的表情超乎尋常地「立體」，彷彿世上其他人都沒她那麼真實，甚至包括席歐跟我，也包括布蘭迪。她的左嘴角上方有顆小痣，就像老派電影明星那樣。很性感。

莉亞走到收銀臺後方，翻開一本藍色筆記本，開始在上面寫字，從頭到尾掛著笑意。我一點點靠近，再靠近，直到能看清她在寫些什麼。

說服一個高中男生買愛特伍的書。我根本是史上最佳女性主義者，對吧？

——莉

我好奇地讀了寫在她這段話上面的文字。

兩個小時內賣出五本《美國眾神》。衝啊！

——傑

我迅速往上一掃，整頁都是差不多的內容：莉亞跟另一個人互留筆記給對方，記錄他們賣了什麼書、賣給什麼人。我心想，不知道另一個寫筆記的人是誰。

「這個不賣。」莉亞說，我過了半晌才意識到她是在對我講話，又過了半晌才注意到她指著藍色筆記本。

「噢。」我說，舉起雙手往後退，「對不起，我不是——」

「在偷看？你就是。」她輕笑一聲，「但沒關係。有什麼需要幫忙的嗎？」她打量了我半晌，「在找艾倫·金斯堡？還是傑克·凱魯亞克？我們店裡有些很不錯的『垮掉世代』藏書，就在那邊。」

我朝她眨了眨眼，有些震驚，低頭確定我是不是今天早上套了「在路上」的上衣，然後穿完就忘了。

我確實沒穿那件。

不過我還沒答腔，她又補上一句：「欸，我是不是見過你？」

「呃，沒有吧。」

「不對，我一定見過。」過了片刻，她目光一亮：「在榆景湖！也是這禮拜，前幾天的事，你跟你朋友去租船。那是你們，對不對？」說最後一句時，她將頭朝布蘭迪的方向一歪。

「喔對，我們去過幾次。」我說，腦海浮現在三位儀式見過的畫面：莉亞躲在獨木舟上，不受任何人打擾地看書。對了，我也有瞥見她在書店工作的畫面。

「我有空就會去那裡，」她說：「感覺很棒，我很喜歡在湖上泛舟。」

我的思緒陡然煞住。

事情不對。我不是昨天才從她身上偷走這東西嗎？對船啊湖啊等等的愛？

「是嗎？」我謹慎地問。

「對啊，要是可以我會天天去，不過你也知道，要上班。」她攤開雙手，示意這間店。

好吧，難道是我不知怎麼地搞砸了儀式嗎？難道莉亞沒被偷？也許她的意思是她「以前」喜歡，可是感覺不像……

「說到妳的工作，其實我想問那個能不能借我看。」我說著將頭往筆記本一點。「就是，我去年暑假在紐約市的書店打工，那家店不肯讓我們像妳一樣記錄賣書的事。大型連鎖商店的規定，妳懂的。」

當然了，這是謊話，我暑假從來沒去打工過，就算要打工也不會去書店。

「沒什麼有趣的。」她說著將筆記本遞給我，「大部分都只是我跟我朋友傑西互嗆而已。」

我刻意讓視線由下往上移動，做出倒著閱讀那些筆記的樣子，同時在紙頁上尋覓可以探取的破口。

我很快就找到了，假裝翻頁好調整手勢，接著將意念探了進去，然而我在裡面找到的不是只有莉亞，而是包括莉亞在內的好幾個人，彼此緊密交織，讓我分辨不出誰是誰，更別說要取走什麼。

這是公有物。我早該知道這麼做沒用，我需要只屬於莉亞的物品，起碼該是主要由莉亞使用的東西。

我努力掩飾失望，把意志從筆記本抽離，同時定睛讀了其中一則筆記。我抬頭對莉亞微笑，將筆記本遞還給她：「妳激他推薦阿內絲・尼恩的書給客人？太狠了。」

她雙眉挑起，「你知道這個作家？」

純粹是因為布蘭迪跟我提過，但也可以說是知道。

我聳聳肩，說：「算是吧。總之，我在找……」我快速環視店內，看看哪一區離收銀臺最遠。

愛情小說……兒童文學……漫畫，席歐正靠在那邊的書櫃上讀著。

「我那邊的朋友需要推薦，他喜歡漫畫那類的書，他跟我說過想找別的系列來看。」

這其實不算謊話，席歐不常看書，會看的書裡面多半有圖片。布蘭迪堅稱那稱不上真正的閱讀，我是覺得沒差。

「哦，這樣啊。」莉亞說：「好啊，我跟他聊聊，馬上回來。」

等她走遠，我馬上奔向收銀臺，停了片刻確認那個老人跟布蘭迪沒把注意力放在我身上，隨即躲進收銀臺後方。塞滿了筆的筆筒、一落筆記本、收銀機紙捲、書籤、各式雜物——以及一個裝有閃亮紫色保護殼的智慧型手機。中獎了。
我只花不到一秒便找到破口，又花不到一秒確認這是莉亞的手機。我探了進去，在手機的記憶中翻揀，尋找能取走的東西。用不著多大（也沒這個必要），但絕對要是我能馬上看出差別的東西。
換句話說，不能是她的人格特質，而該是她的外貌。我稍稍調整感知，將意志強壓進手機中，直到能夠清晰看見剛才跟我交談的莉亞，這時我找到了：她嘴角上的小痣。再適合不過。
我施力一扯，痣就此脫落，一如撕開糖果包裝那樣地輕而易舉。
「喂！那是我的！」
我一個驚跳，本想把手機放回原位，可惜已經太遲。
「對不起，我——」
「想偷我的手機？」她說，將手機一把從我手中搶回去。「是不是？」
但我一看到她的臉，回答便卡在喉間。
「呃。」我擠出口，無法克制地盯著她脣上那個位置看，一面看著，我的脖子一面隨之緊繃起來。
「你還偷了什麼？」她質問。
老人在店的另一頭瞇眼注視我們，布蘭迪快步經過陳列桌衝了過來，甚至由於太慌忙而弄倒了一些東西。

「他沒偷東西！」布蘭迪一個遲疑，望向我，「沒有吧？」

「當然沒有！」我說，偷別人的痣不算數。「我只是……想看一下時間，可是沒有時鐘……」

莉亞往收銀臺上方的牆壁一指，那裡掛了一面時鐘，足足有我的兩顆頭那麼大，秒針滴答往前走。

「噢，」我說：「我想也是。」

「你們要買什麼嗎？」莉亞說：「要是沒有，請你們離開。」

「其實是有。」布蘭迪說，舉起她在看的那本書。

莉亞在凝重的沉默中替她結帳，我走去找人在書店深處的席歐。

「看到你在跟書店的女生講話，」他說：「要到她手機號碼了沒？她很正。」

「也很機車。」我答道：「我們走吧，漢堡時間到了。」

席歐跟我在一旁等莉亞將布蘭迪的書裝袋，接著我們三人魚貫踏出店門。離開以後，布蘭迪才問我在書店裡究竟跟莉亞出了什麼事。

「沒什麼事，」我說：「別提了。」

我心想，難怪冬青姑媽跟奶奶不喜歡她。做了某件她看不順眼的小事，她馬上就暴走。

布蘭迪沒再追問，我們走進餐館，吃晚餐，閒晃，回家，然而在這一路上，我不斷回想起書店的那一幕。我很擔心。

不是因為莉亞逮到我拿她的手機，而且八成永生永世把我列入黑名單。她要怎樣我根本不在乎。

我擔心的原因是，即便我已經偷了她的痣，那顆痣依然留在她左邊的嘴角上。

之前

我不記得當初是怎麼學會採取的，就像我不記得是怎麼學會走路。反正我一直都會就是了。我記得的是，我是在什麼時候明白家裡為何要立下規矩：不要把我們的能力告訴任何外人。

那是大約十年前，某個下雪的週五午後，席歐．瓦德茲放學後來我家。席歐很怕下雪，因為幾年前他爸在暴風雪中出車禍，住院將近一個星期，所以警衛開門讓我們上樓以後，他頭一件事就是大步奔向客廳找電話，驚惶地說：「我要打給把拔。」

（當時我們才二年級。到了現在，我偶爾也還是會對著我爸喊「拔」。）

我跟在後面，避開席歐的靴子留下的溼腳印，跟過去時他恰好撥完號碼。幾秒過去，然後又等了一陣子，席歐的臉垮了下來，終於說：「他不在辦公室。我要打他手機。」

這次他爸仍舊沒接，席歐留了言便掛斷。

他呼吸急促，大概正強忍眼淚，搖搖頭，接著望向我，彷彿我得想辦法解決這件事。

他有兩個哥哥，早已習慣凡事由別人替他解決。

於是我跑到沙發旁，從坐墊之間撈出電視遙控器，交給席歐。「拿著。」

儘管他滿臉不解，依然照著我說的做，雙手捧著遙控器，宛如端著盤子的服務生。他盯著遙控器，然後再盯著我。「拿著就好？要開電視嗎？」

「不是，你要探進去，」我熱切地說：「那裡面有平靜。我媽轉臺的時候都會變得很平靜，我覺得她根本不是喜歡看電視，只是喜歡看一下每個頻道在播什麼。很怪，但她這麼做就會平靜下來。你試試看。」

當時，我已經偷我媽的平靜來用好幾個月了。在暴風雪事件過後不久，爸發現了這件事，阻止了我，媽也因此不再需要吃抗焦慮的藥。

（那是我第一次學到「不偷家人的東西」這條家規。）

席歐誤會了我的意思，打開電視，用最快速度轉臺，不久就變得咬牙切齒，似乎怎麼按都不夠快，跟平靜徹底相反。

「不是不是，」我說，走到他跟螢幕之間，擋住訊號。「我說的是遙控器，不是電視。**探進去**，你找到平靜，然後把它拿出來，留一點給自己。」

他瞇眼看我：「你聽起來好像神經病。」

這個詞帶給我的衝擊比我想像還要大，不是因為那是罵人的話，而是因為我陡然明瞭，我們之間的差異多麼懸殊。

我從來沒這麼真切地意識到這點。他不能探取，我能。

好在七歲的我設法想出一句反駁，既迴避了他突如其來的懷疑，又轉移他的注意力，不會繼續想他失蹤的爸爸：

「你才是，我不是。」

席歐咧嘴笑開，立刻準備好鬥嘴。「你是**笨蛋！**」

「你才是，我不是。」

「你是**人渣！**」

（像我說的：他有兩個哥哥。）

「你才是，我不是。」

「你是**放屁怪！**」

（像我說的：二年級。）

我們這樣來來回回了一陣，最後演變成刺激的打鬧遊戲，玩到一半時席歐的爸爸回電了，證實他人還活得好好的。

可是，後來我進廚房拿汽水，再出來時只見席歐拆開了遙控器，彷彿覺得只要拿出電池看看裡面，就能搞懂我在說什麼。

「你在幹麼？」我問，雖然我挺確定他在幹麼。

他將電池塞回去，關上小小的背蓋。「沒事。我們來打電動吧。」

第四章

詭異的是，我的魔法壓根沒有任何問題。經過莉亞事件，我嘗試偷其他跟外表有關的東西，比如席歐手臂後面的一個斑，布蘭迪背上的一塊晒痕，全都順利偷走。因此我猜想，那塊痣可能只是出了點差錯，搞不好是我沒集中精神，搞不好我當時狀態不佳。無論如何，應該沒什麼大不了的吧？反正只是顆痣。

儘管最初是布蘭迪拉我們進那些要價不菲的三峰精品服飾店，後來再度光顧的卻是席歐。既然他現在不必跟我們黏在一起顧女朋友，他想「去森林度過一個人的男子漢時光」，這他自己說的。所以他進了其中一間店，買了專業登山靴和指南針，每天吃完早餐便消失在奶奶家後頭的林間，總在晚餐時間回來，閒談著渡溪、攀岩之類我完全沒興趣做的事。

我對這情況完全沒意見。我是很喜歡席歐，但我更喜歡獨占布蘭迪。

「總有一天，席歐會扛著熊皮回來。」布蘭迪說，我們閒坐在湖邊的沙灘上。現在我們不租獨木舟了，畢竟最喜歡泛舟的本來就是席歐，不過這裡仍是個放鬆喝酒閒晃的好去處。

「或是獅子。」我說：「他大概會把獅頭當成帽子戴還是什麼的。」

「這裡有獅子嗎？」布蘭迪問：「整個美洲是不是都沒有獅子啊？」

「好像是動物園裡才有，」我答道：「除非妳說的是山獅。」

「席歐絕對能幹掉一頭山獅，」布蘭迪仰頭，對著天空露齒一笑，「他超有男子氣概的。」

就她有辦法把「男子氣概」講得像在損人。

「就算要抓山獅，是要怎麼抓？」我說，扭開雪碧瓶蓋。

「你說我本人嗎？」布蘭迪說：「當然是色誘啦。」

「哈哈。」我說，雖然一聽到那兩個字，我的心跳有些加快。布蘭迪什麼時候想色誘我都成。

「對吧？」她說：「至於席歐，他絕對用不到這些見不得人的招數，我敢說他一定留了好幾手超有男子氣概的屠獅絕技。」

「真想知道他有什麼好帥帥的絕技。」我說。

她驟然神情一肅。「好帥帥。拿來當樂團名稱不錯。應該說是**超適合**。」

「隨妳用，」我自豪地說：「喔，我想到了，專輯名稱：靜悄悄。」

布蘭迪肅穆點頭，「主打歌……」

「耍壞壞？」我提議。

「你，」她用食指戳了我的手臂一下，「很會。你應該一起加入我的假樂團，你會什麼樂器？」

「我超會彈空氣吉他。」我答道。

「很好，很好。這樣的話，我們現在有你負責空氣吉他，蘿倫負責打隱形鼓，我負責無聲主唱，要不了多久，我們就是新世代的披頭四了。」她朝我的方向作勢抓東西，「來瓶伏特加，謝謝。」

我正打算拿給她，及時停住。「是說今天席歐沒來，我已經喝了，所以妳要負責開車——除非席歐的車撞爛的話妳會負責。」

布蘭迪嘴角一撇，「好啦，但明天換你開。」

「成交。」我說，又喝了一口。

實際上，我能輕而易舉探進布蘭迪，偷走她的清醒挪為己用，然後照常開車。這招很好用，我用了不少次，況且這麼做對她沒有任何影響，因為就算從沒醉的人身上取走清醒，對方照樣不會醉。可是這件事很難解釋，如果要解釋，就必須透露一些我不想說的祕密。

所以我繼續喝，布蘭迪繼續滿懷渴望地看著我，我們兩個繼續替假樂團想名字，現在我也是這個樂團的成員了。回到鎮上時，席歐已經在餐館等我們，布蘭迪立刻把我們今天想的樂團名稱通通告訴他，足足有十四個。

「有一半都是白楊想的，」她補充說，坐進我旁邊的位子。「但最棒的那個是我想的。」

「哪個最棒？」席歐看來壓根不感興趣。說真的，布蘭迪到底幹麼跟懶得聽她說話的傢伙交往？

「當然是『宿友敵』，」布蘭迪自豪地笑說：「你知道，就像『友敵』，不過是更激烈的版本。」

我追加我想出來的部分：「專輯名稱：『你超棒，我恨你』。主打歌：『你枕頭上的蜘蛛絕對不是我放的』。」

「白楊是我的空氣吉他手。」她說。

「嗯哼。」席歐說，對我挑起一邊眉毛。有那麼一時半刻，我覺得他像在吃醋，但應該只是席歐平常的表情而已。他們分手的隔天早上，我已經處理掉他任何吃醋的可能了，可說是快轉了他們的關係，直接跳到沒有愛恨、只當朋友就好的階段。

「登山好玩嗎？」各自點了慣常會點的餐之後，布蘭迪問：「有沒有碰到山獅？」

我馬上爆笑，布蘭迪也是。她靠在我身上，在那個美妙的瞬間，我無比清晰地意識到只有她跟我才懂這個笑點，在整個世上的所有人之中，只有布蘭迪跟我才懂。

「呃，沒有。」席歐顯然不曉得我們在笑什麼，「但我碰到一個女生。」

我止住笑聲。

「女生！」布蘭迪向前傾，雙肘擱在桌面。「漂亮嗎？」

「算吧。」席歐說，似乎突然覺得桌子很有趣，邊用手指描摹一條木紋邊盯著看。「是挺漂亮的。喜歡爬山，還帶我去看很帥的瀑布。叫娜塔莉。」

「好耶，」布蘭迪說：「我親愛的朋友，快上啊。」

沒錯，快轉的效果好極了。

我說：「你會再跟娜塔莉見面嗎？」

席歐聳肩，「可能會。」

布蘭迪對我露出受不了的表情，「只是『可能會』？」

「這個嘛，」席歐說：「她算是邀我參加了一個派對……？」

「只是『算是』？」布蘭迪說，耐心顯然快要耗光。打從布蘭迪跟席歐剛談戀愛開始，即使一切都還飄著粉紅泡泡，他們就因為這點產生不少問題。布蘭迪很健談，席歐卻恰恰相反，她快因此煩死了。

所以說，我讓他們分手對他們也是好事一樁，而且原因還多著呢。

席歐聳聳肩，「她說的是如果有空，我可以過去看看。她說帶你們去也沒關係。」

「老兄，這哪叫『算是』。」我說：「這就是邀請了啊。」

我身邊的布蘭迪點頭。「快說時間地點。」

「七月四號。」他說：

「等煙火放完。我猜這裡會放煙火囉？」

「到處都會放煙火。」我說，席歐從小在布魯克林長大，從沒住過其他地方，他就是覺得全世界只有紐約市存在的那種人。

「噢，」他說：「總之，地址在這。」

他從口袋抽出一張皺巴巴的筆記本紙，攤在桌上。我細看地址，櫻桃街，我知道在哪。

「那我們就去囉？」布蘭迪說。

我考慮了半晌。一方面，我一向沒興趣跟這裡的人混熟；可另一方面，我仍記得席歐在分手後多麼心碎，起碼在我偷走他的負面情緒以前是很心碎。也該有個可愛的新對象，讓他嘗嘗撩妹的滋味了。

「住在那裡的女生好像每年都會辦派對，」自從提到神祕的娜塔莉以來，席歐首度露出笑容。「她爸媽永遠不在家。」

於是，我們七月四號的行程就這麼定了。

* * *

三峰鎮名為三峰的理由，任誰都看得出來：這個鎮位於凹地，周圍的地勢和緩隆起，唯有三個地點的坡度稱不上和緩。其一是北邊的陡坡，即便是夏季，依然能看見滑雪專用的雪道穿過林木。西南邊則有一座山丘，那裡的土地奇形怪狀地突起，彷彿原先打算長大變成真正的高山，卻忘了多吃蔬菜。再來就是懸崖，也就是我前幾夜幫忙修復的那座懸崖，快克家族負責修補懸崖不知多少年了。據奶奶說，要是停止進行三位儀式，岩壁便會崩塌，順著斜坡形成土崩，壓過我們的房子，輾過五朔節草原，直衝鎮上，弭平路上的一切。

老實說，我小時候得知進行儀式的原因時，心裡頗為存疑。說到底，懸崖也稱不上多高，何況在土崩波及鎮上之前，路上的樹總有辦法擋住掉下來的石頭吧。然而奶奶堅持那是真的，爸也贊成她的看法，我有什麼資格爭辯？我又不是自然科學專家。在布魯克林，我們最接近大自然的時候，就是去展望公園的時候。

三峰鎮沒人知道我們家族的付出，也沒人知道懸崖其實有多危險，最有力的證據就是：每年七月四日國慶日，鎮上的消防部門會在懸崖下放煙火，其他全體居民都會聚在懸崖上觀賞。

那一夜，在離懸崖不會太近也不致太遠的地方，布蘭迪、席歐和我攤開一塊布，欣賞那些燦爛的星火，隨著周遭的親子、祖父母一同發出讚嘆聲。

看到一半，布蘭迪說：「看，煙火照亮了樹梢，我們好像在《哈利波特》的場景裡。」

席歐回道：「我家屋頂還是比較讚。」

「閉嘴啦，才沒有。」我說。布蘭迪對我一笑，那是會令你念念不忘的笑，儘管只有我看見，卻比煙火更加耀眼。

煙火秀結束後，眾人開始收東西，席歐說：「走吧，免得塞車。」

我們快步遠離人群，前往大家停車的地點，席歐駛下山去，我從沒看他開這麼快過。不過說實在，我也沒見過他開車去找有可能和他一夜風流的妹子，我猜差別就在這裡。

最後，我們抵達一條停滿車的街道，席歐停在一輛鮮紅色的車後頭，我還沒解開安全帶，他已經下了車，奔向那間房子。

我連忙跟上去，走過街道，穿過精緻的草坪（鄉村美學的精緻，門廊周圍種著對稱的花樹）。屋內燈火通明，隱約聽得見有人大笑大叫、縱情玩樂的聲音。

布蘭迪在我後頭快步趕來，我們追上席歐，只見他悶悶不樂地盯著門。

「呃，敲門試試看？」布蘭迪說。

他瞪了布蘭迪一眼，「敲了，可是沒人——」門就在此時倏地旋開，裡頭站著一個嬌小的紅髮女孩，她猛然站定，似乎沒料到會見到我們，說：「喔！席歐！」

席歐露出燦爛的傻笑，他這種笑法我只在他剛跟布蘭迪交往時見過。「嗨，娜塔莉。」

「就說了，叫我小娜。」她說：「這兩位就是布蘭迪跟拜恩吧。」

「是白楊。」我開口說，她向我瞥過來，我頓時明白席歐為什麼煞到她，她有雙明亮的藍眼，讓我想起……好吧，讓我想起布蘭迪。「白楊・快克。」

「名字好怪。」她點點頭，像在表示讚賞。

「對啊。」我說。這就是為什麼我從三年級開始不再使用真正的名字「傑瑞米」，我喜歡當「那個名字很怪的傢伙」。

她微笑，「說到快克這個姓，你跟石楠是親戚嗎？」

「妳認識她？」我問。

娜塔莉微微偏頭，「三峰鎮的居民只有那幾個，大家都互相認識，我當然認識石楠。」她用的時態是現在式，彷彿石楠還活著。真怪。還來不及問她，她便接著說道：「總之，很高興你們能來！有新血來參加派對太棒了。但我要去前面接人來，待會泳池見？」

「泳池泳池泳池。」布蘭迪喃喃自語，輕踮腳尖。有夠可愛。

「待會見！」席歐眼神迷離地揮手。

娜塔莉經過我們身邊，走到草坪時又回過頭，「喔，既然你們是新來的，給你們一個忠告，不要喝紅色。」

「不要喝什麼？」我說。

「你聽到了。」

「那是什麼意思啊？」布蘭迪問。

「等下就會知道了。」娜塔莉說，越過草坪，走向正停進席歐那輛車後面的車。

屋裡空蕩蕩的，開著燈卻沒人在，大概表示所有人都在後院。前門的鞋子堆成一座小山，我們三個也把鞋留在那裡，循著朦朧的狂歡聲走過走廊，經過廚房，又穿過一扇門之後，音量登時大得要震破耳膜。我環顧四周，低低吹了聲口哨。

眼前是座泳池，擠滿了少年少女，不時潑灑水花、把對方互推進水裡，努力把飲料杯高舉在水面上。泳池周遭是寬闊的木地板，旁邊還有個溫水浴缸。拜託，竟然有**溫水浴缸**。

「還是覺得你家屋頂更讚嗎？」布蘭迪說，對席歐不懷好意地笑。她動手脫掉衣服，露出……啊哈，底下穿著比基尼泳衣。螢光藍的。

布蘭迪

穿

比基尼。

我要升天了。

我的眼珠簡直恨不得跳出眼眶，黏在她的皮膚上，但她渾然不覺，只是將衣服揉成球狀往旁丟，任其落在一堆包包上，隨即奔向泳池。

然後抱膝一躍。

布蘭迪這一跳激起幾重浪花，向外擴散，幾個人興奮地尖叫。接著她浮出水面，一頭金髮因為溼透而變深，睫毛膏染到臉頰上半部，嘴唇彎起笑來。她對我們揮手，席歐揮了回去，幾秒過後，我才想起我的手臂有肌肉，我也可以動起肌肉來揮手。

我命令手揮起來，命令臉露出笑容，我的媽啊，是穿比基尼的布蘭迪。在湖邊，她總是穿一套黑色的舊連身泳裝，可是比基尼，比基尼簡直……

「老兄，你還好嗎？」席歐說：「一副快昏倒的樣子。」

我設法讓臉上的笑更自然些，「呃，她，嗯。」

席歐回頭往布蘭迪的方向一瞥，她的上半身仍探出水面——喔，她的上半身超辣的。隨後席歐將頭轉回來看我，「哦。」

「你家屋頂，」我堅決地說：「絕對沒有比較好。」

他斜眼瞅著我，「你喜歡她喔？」

講得好像他沒發現我過去整整兩年都盯著她發春夢。

「如果是，你會反對嗎？」我強裝平淡地問。

席歐思索片刻，然後聳肩。「反正我們也不可能復合。不過你聽好，兄弟，要是你敢傷害她，我就打爛你的臉。懂嗎？」

要是我傷害布蘭迪，我會心甘情願打爛自己的臉。

「懂。」

「那就好。」席歐說，拍拍我的肩膀，「我去找娜塔莉。」

他走掉之後，我花了點時間環顧整場派對。氣氛炒得正熱，到處飄著酒味，無論在泳池內外，幾乎人人只穿著泳衣。

在湖邊只穿件短褲是一回事，那裡畢竟只有我的朋友、幾個老人家跟小小孩，而且大家各划各的船，各玩各的。然而，這裡散發著一種親暱的氛圍，反倒讓我只想包緊全身。所以我沒跟在布蘭迪後頭跳進泳池，而是環視周遭尋找酒飲，隨即發現有撮人聚在木地板的一角。

我走上前，只見那裡有張長椅，椅上放的不是瓶裝或罐裝飲料，而是四個醜到不行的橘色保溫飲料桶，上頭有手寫標示：**藍**，**綠**，**黃**，**紅**。

一名身穿長裙和流蘇絨面背心的女孩正彎下腰，從「黃」飲料桶裝滿一個杯子，遞給一個等候的男生。那男生仰頭一口乾掉半杯，接著說：「再幫我裝滿？」

「回去排隊，坎卓克。」女孩說，嗓音挺耳熟，儘管我很確定沒見過她。不過我隨即認出她來，就在此時，她轉向我說：「要喝什麼？」

是莉亞。

她的頭髮不像幾天前那樣披散，這次在頭頂綁成好幾個蓬結，起碼八個。這髮型配上深色口紅，以及套在上衣外的背心，看起來像是要去胡士托音樂節，或是一八九〇年代的歌德俱樂部，或連跑這兩場攤。

無論如何，她這副打扮竟然正得嚇人。話又說回來，她大概還在討厭我。

「哦。」我說。

「哦。」她跟著說，認出我後瞇起了眼，「誰邀你來的？」

沒錯，絕對還是討厭我。

「呃，娜塔莉。我是說，她邀了我朋友席歐，妳那天見過他——」

莉亞說：「小娜知不知道你是小偷？」

「聽著，我發誓我不是。」我說：「我只是要……」

她站直身體，多層鄉村裙的裙襬隨之在身周飄舞，畫了黑色眼線的雙眸瞪著我。「只是要怎樣？」

我得立刻想出一套說詞，不管這套說詞聽起來再怎麼蠢，至少要能洗刷我偷竊未遂的罪名。

「我想把我的號碼存進妳手機，」我撒謊道，盡力做出後悔的樣子。「我覺得妳很漂亮，所以，嗯……」

她對我眨了眨眼，然後出乎我意料之外地笑了。「所以你不是小偷，只是個白痴？」

這個嘛，相較於白痴，我絕對更稱得上是小偷，只不過要偷的東西跟她想的不一樣。我自然沒辦法這麼說，因此我心不在焉地揉揉又繃起來的脖子，聳了聳肩。

不等我真的開口回答，她翻了個白眼：「好吧，給我搞清楚，要是再被我逮到你偷我的東西，或是偷任何人的東西，我就把你的手腳砍下來塞進你嘴裡，而且你沒得選要吃哪一隻。」

「妳會選哪隻？」我挑眉問她。

「天啊，別告訴我你是過來撩妹的，這樣並不會幫你加分。」

好狠，可是有道理，我那樣說確實不妥。「嗯，其實我是來拿飲料的，該找的人是妳嗎？」

「就是我。」她說，從「綠」和「黃」飲料桶之間的杯山取下一個杯子。「要什麼顏色？」

「還沒想好。」我說：「裡面是什麼酒？」

莉亞笑起來，「我回答不了這個問題。這些是今晚的莎蒂・艾利斯特調，特調有各種顏色，莎蒂會用任何必要的材料做出她要的色調。你看。」她邊說邊掀起「藍」飲料桶，果不其然，裡頭的液體呈現藍色，通常只有在蠟筆或人工調配口味的冰棒才會出現這種藍。

我衡量了一下，「這個嘛，小娜叫我們不要喝紅色，所以紅色之外的都可以。」

莉亞勾起挖苦的笑容，「那是因為娜塔莉・弗雷恩的酒量跟花栗鼠差不多。照莎蒂說的，紅色才是極品。」

喔，所以重點在於酒量，不是味道。這樣的話，我的酒量堪比九十公斤重的美式足球線衛，主要是由於我有次探進一個九十公斤重的線衛，偷了他的酒量。所以說，紅色不成問題。

我問：「妳也喝紅色嗎？」

「我喝雪碧，」她答道：「我要負責開車載莎蒂跟傑西回家。」

就在這時，一個包著毛巾、渾身溼透的女生跑過來，雙腳啪答啪答踩在木地板上。「沃夫，給我來一杯！」她說。

莉亞接過杯子，拿到「紅」飲料桶的水龍頭下，一路斟滿。

「喂。」我身邊那個叫坎卓克的男生說，他已經把那杯黃色喝光了。他後面也有幾個人皺起眉頭。

「喂什麼，」毛巾女說，「酒是我做的，所以我能插隊，這就叫創作者特權。」

「妳就是莎蒂·艾利斯？」我問，莉亞把杯子遞還給她。

「正是我。」她應道，喝了一大口紅色。「你是……？」

「白楊·快克。」我說，「我正打算來些……紅色好了。」

「什麼，**快克？**」莉亞說。

「選得好。」莎蒂說，「選紅色就對了。對了，莉亞，妳見到傑西沒？」

「跟石楠是親戚的快克？」莉亞繼續問。

「對啊。」我說，注意到她的臉色登時一沉。「怎麼了？」

「沒事。」她簡短地回答，然後對莎蒂說：「沒有，還沒看到傑西。」

「老兄，你是要不要喝？」坎卓克戳了下我的肩膀。

莉亞已經跪下去，替我倒了一杯。「給你。」她說，等我從她手中接過杯子之後，隨即轉身背對我。「杯子拿來，坎卓克。」

我曉得她是想趕快把酒倒給坎卓克，免得那傢伙抓狂，但我隱約覺得她似乎不想理我了，彷彿我又回到了她的黑名單，偏偏這次的原因我想不透。

「喝喝看。」莎蒂繞過坎卓克來到我身邊，頭往我手中的飲料一點。

我啜了一口，味道既苦又酸且甜，而且酒味超重。「哇靠。」我喃喃說道，打量著杯子。杯裡幾乎還是滿的，真不曉得我有沒有辦法喝光。

「很讚吧？」莎蒂樂不可支地說：「我調過最棒的酒，我已經喝到第三杯了，是不是爽歪歪？真希望傑西也來喝喝看，一定讓他**嗨到屋頂上去**。」

「莉亞怎麼……等等，傑西是誰？妳是說真的跑到屋頂上？」

「等一下，我找給你看。」莎蒂說，把手探進飲料椅下，那裡堆了幾個皮包。她掏出一支手機，輸入密碼，滑過一張張照片，找出她要的那一組。

「他就是傑西。」她說，舉起一張照片，上面是個對鏡頭扮鬥雞眼的男生。他那副鬼臉怪模怪樣，可更怪的是，我非常確定我見過他。我微微瞇眼，還來不及細看他的長相，莎蒂便滑到下一張照片，是傑西跟一個女孩坐在長椅上，靦腆地互相依偎，那張椅子正是現在放著飲料桶的長椅。

我認出了那女孩，是莉亞。我剛剛竟然覺得莉亞靦腆？然而我定睛細瞧，沒錯，那就是她看起來的模樣：羞澀，青春，帶著奇異的期盼。

莎蒂再往下滑，這次我看到了她剛才說的那件事。照片裡的男生不再鬥雞眼，而是站在這棟房子的屋頂上，雙臂高舉，周遭閃著一線線詭譎的光。

「螢光棒呼拉圈。」莎蒂解釋，用手指放大照片。「他把一堆螢光棒串起來做成呼拉圈，有點失敗，不過沒人在乎，還是超酷的。」

我在這個剎那恍然大悟。照片上那張臉，正是我那晚在三位儀式中見到的臉。他就是獨臂蝙蝠俠的前主人，我取走了他的好勝心。

不曉得我的魔法對他是不是比對莉亞有效。

我意識到她在等我回答，於是說道：「對啊，很酷。所以……他沒來？」

「看來是沒有。」她說，頓了片刻，好把手機收起來。「已經好幾天聯絡不到他了，他偶爾會這樣。我們以為他會回來參加派對，可是……」她沒把話說完，聳了聳肩。

好幾天找不到他？那就怪了……不過應該是巧合吧。我的魔法不能把人憑空變不見，人的一部分是可以，但**整個人**是不可能的。

「欸！」莎蒂大喊：「你的衣服怎麼還在身上？你該去游泳！」

我往泳池一瞄，那裡水花四濺，尖叫四起，放眼所見皆是比基尼少女，以及擁有健美胸肌臂肌的男生。我說真的，泳池裡每個男生身材都超好，怎麼可能？

「不要吧。」我說：「我……忘了帶泳衣。」

「穿內褲游啊，」莎蒂說，勾了勾我的皮帶環，要不是她醉到嚴重口齒不清，這動作大概會很性感。「除非你穿的是白色小內褲。天，你一定是穿白色小內褲，對不對！」

「對，」我撒謊道。「這位小姐，妳喝醉了。」

「是的沒錯！」她說：「快給我滾進泳池裡。」

莎蒂再度勾住我的皮帶環，這次用力得多，我只好把手放在她肩上，她那側的浴巾微微滑落，露出泳裝的黑肩帶。我探進泳裝，找到她想跟我游泳的渴望（與其說是渴望，更像是一時興起，而且不怎麼強烈），將之取走。

接著我說：「不用了，我不游。」

「好！」她應道，任浴巾落在木地板上，仰頭把酒一飲而盡，然後助跑了一小段路，像布蘭迪一樣以抱膝之姿躍入水中。

我看見席歐人在泳池另一端，正跟紅髮娜塔莉說話。聊天氣氛看起來不錯，娜塔莉滿臉笑意，大動作地比了不少手勢，席歐則連連熱切點頭。我本以為這代表席歐有望迎來一夜春宵，偏偏他們不是單獨聊天；娜塔莉身邊有個高䠷白皙的褐髮女孩，同樣面帶笑容，比著手勢。

管他的。說不定那女生過一陣子就會讀到氣氛，讓他們獨處。

我活動肩膀，繼續啜我那杯紅色。

「嗨，白楊。」我的正下方傳來一個聲音。幾呎之外，布蘭迪將手肘撐在泳池邊緣，抬頭對我笑，睫毛上有水珠閃爍光亮。「那是要給我的嗎？」

「什麼意——喔！」我說，想起手上的紅色。「這是我的，但可以給妳喝一點。」我在木地板上跪下，把杯子交給她。她一面接過去，我一面想著，跪下來之後我離她好近。木地板溼答答的，我卻突然不在意了，我在泳池邊盤腿坐下，注視布蘭迪大口一飲。「水裡感覺怎樣？」

「超棒。」她微微歪頭，「你也下來游嘛。」

「算了，我沒帶可以游泳的衣服。」

布蘭迪咧嘴一笑，「這位朋友，裸泳就是這麼來的。」

「嗯噗咳。」我說，應該說迸出了類似的音。

「來嘛，」她說著，用兩根溼手指輕點我膝蓋。「你來開創潮流，我當第二號人物，大家絕對會跟上。我們來當那種奇怪的外地人，把一場很棒的派對變成絕讚派對。」

至少我想她是這麼講的，老實說，從**第二號人物**之後我就沒聽下去了。意思是假如我把衣服剝光，布蘭迪會跟著脫。

我連灌好幾口紅色，強迫身體其餘部位不要注意到我腦子在想什麼。

「來嘛——」她說，手仍擱在我膝上。

假如我百分之百肯定她是在開玩笑，那沒什麼好說，我自然會順著她的話頭接下去。然而她的藍眼中別有深意，流露像要瘋玩一場的淘氣眼神，令我不禁遲疑，有點怕萬一應允了什麼她都會當真。

所以我說：「改天吧？等旁邊沒這麼多人的時候。」

「說到要做到喔？」她問。

這次，我百分之百肯定她不是在開玩笑：她的笑意帶著欲求，溼漉漉的雙肩緊繃著，像在等待。就是這一刻了，我在等的就是這一刻，接下來的發展全看我了。

我低頭，布蘭迪從泳池中稍稍往上撐，仰起頭，雙脣與我相觸，彷彿她是人魚，而我是水手。我們接了吻，接著繼續吻，老天在上，我終於、**終於**吻了布蘭迪。她嘴脣溫熱，有氯的味道，完全顛覆我的想像，也恰恰符合我的想像。

她張脣，偏頭以便吻得更深，我們身後有人發出「哇哦哦哦」的聲音。我正想著她會喜歡我把舌頭伸多深，我該死的脖子就偏偏抽疼了一下，逼得我不得不退後。

「白楊？」布蘭迪問，表情半是擔心，半是不快。

我面露疼痛，揉著脖子，活動了下肩膀，等待抽痛減輕，降到平時那樣足以忽略的程度，說：「抱歉。」

「喔，你的脖子又來了？」她滿懷同情地說。

「對啊，大概是角度怪怪的。」

她頓了片刻，「只是角度問題，對吧？其他都……」

「一點也不怪。」我答道。不，這太偏離事實了。「跟怪完全相反，棒透了。」

「怪的相反才不是棒呢。」布蘭迪說，但她笑起來。

她這個笑容羞澀得稀奇，畢竟不到五分鐘之前，她幾乎是用命令的口氣叫我脫光。

我啜著紅色，然後稍微喝大口些，再來用灌的，因為布蘭迪仍帶著羞澀的笑意看著我，這時我似乎只能灌酒。然後我將杯子擱到一旁，這代表沒有東西擋在我的目光與布蘭迪的胸部之間了，哇啊。她的手又搭上我的膝蓋，**哇啊啊啊**。

「酒喝完了。」她說著，頭朝我的空杯一點：「不然你回去倒，也順便幫我倒一杯，怎麼樣？」

我答道：「謹遵小姐命令。」

任務是倒更多紅色，而且更多紅色離我不遠！莉亞・拉姆齊——沃夫就站在那邊，繼續將杯子拿到水龍頭底下，把不同顏色的酒分給那些不是我的人。我得過去。第一步是站起來。

我站了起來。

然後一個踉蹌，布蘭迪在我身後噗哧笑。

接著我挺直身軀，瞄準莉亞，邁步走過去，來到她身邊，遞出杯子。「我要更多紅色，薛薛。」

她瞥向杯子，再瞥向我。「看來酒量只有花栗鼠程度的人不只娜塔莉。先去喝點水，再來跟我講話。」

我盯著她有些暈開的口紅，以及綁成好多個結的頭髮（這種髮型為什麼有辦法好看），還有背心（這件真的是帥呆了）。

「水在哪？」我問，因為我的確想講話，不是找她，是找布蘭迪。仔細一想，不，我不想找布蘭迪講話，要講話就不能接吻，接吻絕對是我最想跟布蘭迪做的事。

「廚房。」她一指，我順著她的手指看去。屋子感覺好遠，此外我突然非常需要坐下，於是我坐了下來。「老天。」莉亞說，在我身邊蹲下：「新人，你還好吧？」

我說：「是白楊。」

「白楊・快克，」她說：「對，不要提醒我。留在這裡，好嗎？喂，莎蒂，滾出泳池，幫他拿杯水來！」

泳池傳來一聲抗議，莉亞不悅地低哼。我聽不清他們是在說什麼，但我聽得出來結果是我不會拿到水。

「找布蘭迪去，」我說：「或是另一個。席歐！」

「誰？」莉亞說。

「雪碧！」我說：「妳說妳有雪碧，我可以喝一點嗎？」

她遲疑半晌，接著起身拿來她的杯子，交給我。「喝慢點，要吐的話垃圾桶在那。」

我慢慢喝著，並不想吐。

她說：「不常喝酒，是不是？」

「我喝過的酒可不少。」我倨傲地回答。

「是喔。」她說：「那吃的呢？你今天有吃東西嗎？」

我想了想這個問題。中午吃了個三明治，然後……

肚子咕嚕作響。對，我忘了吃晚餐。

我啜了幾口雪碧。莉亞的雪碧……裝在莉亞的杯子裡。這段時間，她都端著這個杯子，用這個杯子喝雪碧，至少從我抵達以來一直是如此，搞不好有幾個小時了。

「妳。」我說，定睛凝視莉亞，「妳沒喝。完全沒喝。對鋪堆？」

有人竊笑，不過莉亞只是挑起雙眉，「我到這邊之後一滴都沒碰。」

我感覺著杯身，尋覓能夠探取的破口，想找到她的清醒。我只想借用一點，一小點就好，她少了那點也不會怎麼樣，照樣會擁有很多清醒。她少了那點不會怎麼樣，卻能大大幫我一把。

我探入，找到目標，拿走一部分。或許不只是一小點，應該說是中等大小。隨後我引導那份清醒轉向我，進入我體內。

有那麼片刻，我內心一片祥和。

然後我胃部一絞，眼前一糊，整個世界

墮入

黑暗。

之前

我記得靈感閃現的那個瞬間。那是春假的週一或週二，大約午夜時分。布蘭迪跟她朋友蘿倫家裡門禁比較嚴，已經回家了，不過席歐還沒，因為他爸媽又去外地出差。至於我呢，我還沒回家是因為我懶得鳥我爸的意見。

提議要去「哇嚓」的人是席歐，這間夜店位於紐約東村，雖然店名白痴得要死，可是據說非常棒。不過席歐也還記得，我們幾個星期前曾試著混進哇嚓，假證件卻被那裡的安管人員識破了。

但我想到了一個天才點子，堅持要再試一次。

輪到我們的時候，安管意味深長地瞥我一眼，似乎看得出不能放我們進去。然而，就在他揮手招呼我們上前、索取證件時，我假裝絆了一下，扶住他粗壯的手臂，免得跌倒。他手臂上覆著西裝外套的布料，我探進西裝外套，取走他對如何分辨證件真偽的記憶。三十秒後，席歐跟我順利入場。

我的手機震個不停，每次我晚回家都會這樣。我心想，媽離開時，不曉得爸是不是也這樣奪命連環叩。我心想，要是今天我徹夜不歸，不曉得會發生什麼事。我心想，不曉得他會不會找出我的物品，探進去設法讓我回家，那我就會告訴他，既然他肯打破「不偷家人」的規矩一次，不如再打破一次讓媽回來——

「正妹警報。」席歐說，指著舞池裡的一群女生，個個穿著細高跟鞋搭配緊身洋裝。

我把手機從震動改為靜音，接著不停跳舞，跳到站不起來為止。

隔天早上，爸一早把我叫醒，穿著西裝、打著領帶站在房門口。

「放春假惹好嗎？」我含糊地咕噥：「不上課。餔邀煩我。」

爸問：「你昨天幾點回家的？」

「不知道。一兩點？」

「兒子，你不能這樣。」

我可以。我用枕頭蓋住臉，悶不吭聲。

「就算要，」爸繼續說：「我打給你的時候也該接電話，或是傳簡訊跟我報備。如果我昨天不曉得你是跟瓦德茲家那孩子出去，我搞不好……」

我全神貫注傾聽。他會怎樣？用魔法讓我回家？

他嘆氣，「我差點去報警。」

是啊，但也只是「差點」。他終究沒報警，也沒透過採取迫使我回家。我仍用枕頭蓋著臉，盼著他走開。

「白楊，這整個月來你都……有點脫序。你老師打給我說你好幾次蹺課，要不就是說你上課時不守規矩。是因為你媽離開的事嗎？」

這個問題有夠蠢，我忍不住笑出來，笑聲被枕頭悶住，但爸絕對聽到了。

「兒子，有什麼話都能跟我說，你知道的吧？」

真是夠了。

我挪開枕頭，坐起身，說了話：「讓媽回來，我就不會再晚回家。」

「白楊，這跟你媽媽沒關——」

「就是有關。」

一陣沉默。在昏暗的臥室中，爸看著我，我看著他。

終於，他伸手到頸間調整領帶。「我要去上班了。」

「那就去啊。」我說。

從那以後，我想在外面待多晚就待多晚。

第五章

有東西在拍我的臉。有人在叫我。有人把我的舌頭變成死老鼠。

「我吐了嗎？」有人用我的嗓音問，我感覺得到死老鼠在動。

「沒。」有個男生說：「你斷片了而已。莉亞，妳是給他喝了啥？」

「紅色，只有一杯而已，跟一點雪碧。他是喝了雪碧之後才斷片的，什麼鬼啊？」

我勉力睜開雙眼。有個男生跪在我面前，張開手掌，準備好繼續打我的臉。我認出他來，是那個喝黃色的傢伙：坎卓克。莉亞．拉姆齊—沃夫站在他身後，雙手抱胸。

「妳在水碧動雪腳。」我說，然後糾正自己：「在雪裡動水腳。呃，妳知我意思。」

「我才沒有，笨蛋。」莉亞說，不過她面露笑意。「好了，站起來。你是開車來的嗎？」

「不是，席歐開的。他跟娜塔莉在一起，就是小娜，小娜在哪？」

莉亞掃視人群，指著泳池對面。娜塔莉的確在那邊，正在親……某個不是席歐的人。那個人絕對不是席歐，是剛才跟他們一起聊天的高個子褐髮女孩。

「哇喔。」我說。很火辣耶，拜託。

這時我找到了席歐，他離娜塔莉跟她女友不遠，正喝著杯裡的飲料，再喝，繼續喝，隨後扔掉杯子，衝向泳池跳了進去。與其說是跳，其實比較像是臉上朝下栽進去，而且衣服都沒脫。

「那傢伙看來是沒希望了。」莉亞說：「坎卓克，這裡有誰還算清醒？」

「不是我，」他應聲說：「我喝黃色不知道喝了幾百萬杯。」

「那可莉呢？」莉亞問，聽起來愈發絕望。

「那**妳**呢？」坎卓克問。

莉亞撇了撇嘴，「我只答應要載莎蒂跟傑西回家，可沒說每個人都要載。好吧，現在只剩莎蒂要載，可是……」

「妳，」我說：「妳的背心超帥。妳應該載我回去。」

「這裡是怎麼了？」全宇宙最好聽的聲音憑空出現。布蘭迪，漂亮、美麗、可愛的布蘭迪，肩上披著毛巾走了過來，把泳池的水滴得到處都是，看起來好像長了腳的美人魚。

「妳好像長了腳的美人魚。」我告訴她。

「他醉了。」莉亞解釋。

布蘭迪的嘴角一抽，「看得出來。」她跪在我前方，手掌往我額頭上貼。我朝她靠過去，她的手溼而溫暖，一如她的脣。「席歐他……嗯，不太清醒。要我載你回去嗎？」

「拜託，麻煩妳了。」莉亞說：「妳有喝嗎？」

「喝了一口，」布蘭迪說：「怎樣，妳是反酒駕魔人嗎？」

「基本上是。」莉亞說：「但妳如果開車沒問題，請盡量開。」

布蘭迪伸手扶我起身，我的思緒迅如閃電。她要開車載我回去，這代表我們會在車上獨處，獨處的時候當然是神智清楚為上，可是我醉了，而且是非常醉，這個問題需要解決。於是，我一邊拉住她的手站起來，一邊確保另一隻手擦過她的腰際，在她穿著比基尼的位置稍作停留，探進布料，取出一點**她的**清醒，拉進我體內。

腦袋頓時清明。

我的媽，剛才真的醉到不行。

「我去看看席歐把鑰匙放哪了，」布蘭迪說：「待在這別動。」

她走向泳池。席歐加入了一票沒穿上衣的男生，一群人似乎按照男女分成兩個陣營在打水仗，席歐看似玩得挺嗨，不知是不是已經把小娜拋在腦後。

我回頭望向莉亞，她重新開始幫人倒飲料。

「抱歉剛剛斷片。」我說。

她將一杯藍色遞給某個女孩，隨後對我面露不悅。「喔，看誰突然有辦法講話了。」

「呃。」我頗為狼狽。本能要我輕輕碰她一下，探進去，偷走她過去幾分鐘的記憶，可是我不確定真能把她的記憶給偷走。

何況，她現在對我擺出臭臉，絕對不是因為我喝掛。我開始喝之前，她就用這樣看我了。

「欸，」我說：「妳聽到我的名字，為什麼是那種反應？」

「哪種？」她說：「我哪有怎樣。」

「妳臉超臭的。」我說：「妳跟石楠是宿敵嗎？還是友敵？還是宿友敵？」

她哼笑一聲，「現在誰會說『友敵』啊，新人。」

我微笑，「現在也沒人會說『新人』啊，友敵。」

「我就會。」她說，臉上沒跟著笑。

好吧。

我們尷尬地沉默幾分鐘，之後布蘭迪回來，已經套上衣服罩住比基尼，食指勾著鑰匙圈。她的頭髮仍滴著泳池的水，滴到肩膀上，但她似乎不介意。

「準備好了嗎？」她問。

我瞥了莉亞一眼，她似乎沒打算管我。「嗯，好了。」

布蘭迪默默開出靜謐的街道，再開出另一條路，轉進大街。大街同樣一片靜寂，只有一小群抽菸的人聚在鎮上唯一的酒吧外頭。接著大街變得越來越窄，坡度向上，鑽進山中，朝向懸崖，我們越過橫跨小溪的橋，駛過第二個S型彎道，這裡有個早已被蔓生藤莖與低垂枝椏擋住的路標，在此左轉就會抵達奶奶家。

布蘭迪緩速開進崎嶇不平的車道，直到冬青姑媽的車映入眼簾，然後停車熄火。再來她……什麼也沒說。足足三個呼吸的時間，她什麼也沒說。再來是：

「白楊，你想跟我交往嗎？」

我倏地轉頭，一下轉得太急，頸子又繃了起來。有時布蘭迪講話的語氣會讓人分不清她是單純提問，還是有意指責你，通常從她的眼神能看出哪一種，只是席歐的車裡太暗，我完全看不到她的眼睛。

無論如何，我的答案都一樣。

「呃，想啊？當然想？」

她一笑，「嗯，我想也是。」

我的胃微微一揪。她那句「我想也是」的口吻溫柔，但這不會是布蘭迪第一次委婉拒絕我。

「是嗎？」我說。

她點頭。「真奇怪，我明明上一秒才剛跟席歐分手，我們交往了好幾個月，我應該還在糾結才對。我不該反而坐在這，想著要……」

「要怎麼樣？」我問，努力不要表現得太急切。

「你知道的，」她笑起來，銀鈴般的輕笑，棉花糖似的笑。「跟前男友最要好的朋友熱吻。甚至在他的車上。」

沒錯，這就是我行動的時機了。我傾身過去，小心地將頭往左伸，再次與她雙脣相觸。她脣上有跟之前相同的味道，也用相同的方式吻著，然而其他的一切都截然不同，四周少了大叫大喊、潑濺水花的狂歡人群，我們被車內的寂靜包圍，只聽得見輕柔而不穩的呼吸，漸趨低沉、粗重……

「不會很怪嗎？」她突然抽離。

「啊？」我暈眩地說。

「我們。」她說，手往我一比，再比向她自己。「我們這樣應該……太快了。可是我不覺得太快，這樣很不正常。」

給我等等，我讓他們兩個迅速跳過分手後的情傷階段，結果布蘭迪還是有理由不跟我在一起？太不公平了吧。

「不會啊。」我說：「每次分手的情況都不一樣，不是嗎？」

「講得好像你分手過。」她說，口氣半是說笑，半是認真。

她說得沒錯。好久以來，我太過在意布蘭迪，一直沒心思找其他對象約會。我最接近的對象要屬凱夏‧蘇立文，高三舞會結束後我們睡過一次，之後整整兩週沒辦法直視彼此的雙眼，這可稱不上交往。

「雖然是這樣，」我說，將手放在她肩上，用魔法探進去。只要找到讓她不願意跟我在一起的那份質疑，我就能把它取走，然後——

她聳肩掙脫我的手。「你先進去吧，好嗎？我回派對一趟。席歐說他有地方過夜，但我還是去看看他的情況比較好……」我聽見她深吸一口氣，接著吐氣。「我會想想看的。」

「想想看，」我重複一遍：「妳是說我們的事？」

「對。」她說：「我喜歡你，白楊，但席歐還是我的朋友。我有點想，就是……我想確定他能接受。」

嗯，這部分絕對沒問題。席歐不打算跟布蘭迪復合，我確保過了。

「那也好。」我說，解開安全帶，「不要在外面待太晚。」

「你管不著。」

我笑出來，下了車。「開車小心，不要喝紅色。」

「死都不會。」她說，再次發動引擎，讓車頭燈照亮通往前門的路。

「你晚回家了。」奶奶從客廳揚聲說。

我脫了鞋，緩步走進去找她。天花板的燈沒開，壁爐中燒著小火，是普通的爐火，不是三位儀式那種藍綠色的火光。奶奶蜷縮在扶手椅中，膝上蓋著針織毯，腿上的枕頭架起一本厚書。

「沒有別人那麼晚，」我說：「我是最早走的。我……有點不舒服，布蘭迪開車送我回來。」

奶奶瞇眼往我身後瞧，像是想看清走廊。「那她去哪了？」

「喔，她回派對了。席歐還在那，她是開席歐的車回來的。」

她瞅了我一眼，過了半晌，小心翼翼地把書放到旁邊的桌上，擱在一個馬克杯和一副眼鏡旁。「白楊，你喝了酒嗎？我知道在那種派對上，大家都會喝。」

「我百分之百清醒。」我說：「要看我走直線嗎？不然我倒背字母表，Z、Y、X、W、V、U、T——」

「不如問，」她打岔，嘴角勾起精明的笑意：「你從誰身上偷了清醒？」

「噢。」她這麼問讓我大吃一驚，只好說了實話。「是布蘭迪。妳怎麼曉得？」

奶奶滿不在乎地擺了擺手。「我家冬青好幾個月以來都在做一樣的事，喝到分不清東西南北，再偷別人的清醒來開車回家。要不就是在房間裡喝到爛醉，連偷都省了。她在衣櫃裡藏了一瓶威士忌，還以為我不知道。」她嘆氣，轉動肩膀，目光變得憂傷。「我從頭到尾都知道。」

我問：「因為她有酒氣？」

「因為她的眼神。」她說，「白楊……在派對跟朋友喝酒，跟在房間裡自己喝酒是兩回事，你懂吧？」

我從沒想過這點。怎麼可能想到？對我而言，喝酒的意義在於跟朋友玩得更開心，布蘭迪總笑說酒是社交潤滑劑。

不過，我想我懂奶奶的意思。

我點點頭。

「那就好。」她說，「孩子，記住這兩者的差別，你會比較容易過得開心。」

我再度點頭……接著注意到了某個東西。

我問：「妳頭髮上那是樹葉嗎？」

「嗯？哪裡？」

我湊過去，把東西挑出來。是兩片小葉子，夾在奶奶的鐵灰色頭髮裡。

「天哪。」她輕笑，一手拍了拍頭，像要確認還有沒有別的葉片。「我根本沒想到會沾到。」

我咧嘴笑開，「妳去看煙火？我沒在那看到妳。」

「不是，老天，那裡人太多了。我在煙火放完之後去散步。沒有你跟冬青在旁邊替我偷記憶，我不會去人那麼多的地方。」

「偷記憶？」

她挑起一邊眉毛，「你到鎮上那天幫了我一個忙，記得嗎？」

我記得。席歐、布蘭迪跟我從紐約市開車抵達的那天晚上，奶奶帶我們出去吃義大利麵，那家餐廳稱不上特別好吃，起碼以布魯克林的標準來說是普通，但無所謂。後來她把我拉到一旁說了幾句話，是關於三位儀式的事，否則她會當著我朋友的面說，結果被一位服務生聽到。過了不久，奶奶要我偷走那個人的記憶，不光是關於我們那段對話的記憶，而是要讓他根本不記得見過她。

我問：「妳常常這樣做？」

「一定程度地隱瞞身分，會比較好在這個世界上過日子，白楊。」

這句話是要傳達什麼哲理嗎？我分不出來。

「所以冬青姑媽沒跟妳一起散步？」

「她今晚在辦公室過夜。」奶奶答道：「最近很忙。」

冬青姑媽是律師，如果電視上演的都是真的，律師永遠都很忙。可是，「今天是國慶日耶，而且都快要半夜了。」

奶奶笑了，「已經過半夜好久囉。」

早已經過了半夜，卻沒有任何人能陪，只有奶奶。不是說奶奶不好，只是……

我說：「我去睡覺了。」

她點頭，「好主意。好好睡，懸崖又快撐不住了，我想明天會多一條裂縫，大概很小，但會需要你的力量。」

「可以現在修啊。」我說，盡可能不要聽起來太心急。

「明天。」她堅定但溫和地說：「還沒壞掉的東西是修不了的。再說，你也知道這件事要三個人才能完成。」

我知道，這也是我今年六月就來鎮上的原因，往年我通常八月才過來。從石楠死後，奶奶跟冬青姑媽已經招待了一票親戚，大家都是來補石楠的缺，現在是輪到我。

「說到這個，」我問：「海芋姑媽答應搬來這裡住了沒？」

奶奶臉一沉。在接替石楠成為三位儀式固定班底的人選中，海芋姑媽是目前的首選，可是她年紀大、人難搞，而且跟奶奶處不來，像蝙蝠俠跟小丑那樣勢如水火。起碼她退休了，相較於多數親戚，要她搬來三峰鎮會簡單得多。

「冬青還在問，但海芋還是不肯。」奶奶嘆了一聲，「為了懸崖好，希望她能回心轉意。不過，一想到那女人要跟我同住超過一星期……嗯，反正這問題也跟你無關，是吧。晚安，白楊。」

她的口吻有點微妙，好像想表達的是徹底相反的意思。可是海芋姑媽的確跟我無關（畢竟我跟她只見過兩次），所以我沒多想什麼。我道了晚安，上樓進我房間，嚴格來說是石楠的房間。

我開燈，隨即嚇出一身冷汗。「搞什……」

布蘭迪坐在我床上，抬頭對我微笑。「嗨，白楊。」

「妳不是……」我開口，手往樓下車道的方向一揮。她不是回派對去了嗎？至少她確實發動了引擎，不過我似乎沒聽見她開走的聲響。

「席歐有地方過夜。」布蘭迪說：「他自己說的。再說，我們走的時候他已經喝暈了，就算我回去，他今晚也不可能好好跟我談。」

她光裸的雙腳隨意擺蕩，摩擦著天藍色地毯，腳趾甲閃爍著銀光。我小心翼翼向前走了幾步，進入房間。

「至於你，明明一小時前才喝掛，看起來卻清醒得出奇。」

我露齒一笑，「人家還說亞洲人酒量超差。」

她說：「搞不好你要血統純正才算。」

「也搞不好我是超級英雄。」

布蘭迪笑得更開懷，「這樣的話，那我是誰？」她重心向後，用手撐住上身，這姿勢使她胸部挺起，絕對是故意的。「露薏絲・蓮恩？」

「超人的女朋友？」我說，努力讓視線停在她臉上，不要飄到臉以下的部位。「妳認真？我說超級英雄，結果妳挑了最爛的那個？」

「完全搞錯重點，快克。」

她嗓音低沉，帶著氣音，一聽就讓我口乾舌燥。「那重點是什麼？」

「把門關上。」她說。

我照做了。

「我們要小聲點才行。」她繼續說，招手要我靠近床邊。我走向她，宛如受她那雙手操控的懸絲傀儡。這不是夢，布蘭迪在我床上，她要我也到床上去，還要做些可能不太容易小聲的事情。

「妳可以的話我就可以。」我說，在她身邊坐下，一手放在她膝上。「啊該死，我沒有——」

「我有。」她舉起一個小小的鋁箔包裝，「過來。」

然後我們再度吻上彼此，吻得比先前更熱烈，更迷亂，因為親吻不再是最終目標。沒過多久，她的手鑽進我的上衣，掀起衣服來，從我頭頂脫掉，而我褪去她的裙子，一切發生得好快，兩小時前我們甚至沒接過吻，發展關係不是通常會慢一點嗎？

但布蘭迪不是我的初體驗，我知道我也不是她的第一任，或許只有沒有經驗的人才會慢慢來。

也或許，我們只是都非常、非常投入，又沒人規定交往要多快或是多慢，還有我不該再想這麼多了，還有——

還有——

之前

媽離開之後沒打給爸。一次也沒有，至少就我所知是沒有。她只會打給我，總是撥我的手機號碼（絕不打去家裡），總是在平日，總是在三點半到六點之間，這段時間我已經下課了，但爸還沒下班。

剛開始，我總是任她的來電轉進語音信箱。她會留言，基本上意思都差不多：我想你，我只是想確定你一切都好，我愛你，回電給我。我從不回電給她。

這狀況維持到一週後，爸毫無預警地宣布我們要去別的地方住。不是要搬家，只是要出去住幾天。我們要去住旅館，好讓媽媽能帶她雇的搬家工人來，平靜地把她的東西搬走。

「不只是她的東西，也包括我們共用的所有東西。」我記得他的目光看來有些空洞，「我們之後再去買新家具。」

我不懂。走的人是媽，明明是她先離開我們，憑什麼拿走家具之類的東西。

我這樣告訴爸，爸說：「不是憑什麼的問題。她不希望我留下任何她的東西，包括她坐過的沙發、用過的酒杯什麼的。」

那時我就該明白了。也許我潛意識中明白，但我不讓自己細想，至少那時還沒。

隔天，媽打來的時候，我接了。她鬆了好大一口氣，結果幾乎都是她在講，她有好多想對我說的話悶在心底，這次一股腦全迸了出來。

她說：「白楊，我好想念可以每天見到你的臉，你不知道我有多想你。」

「你爸爸還好嗎？」

「希望你會原諒我。」

「這不是因為你的關係。」

「你有在跟誰約會嗎？那個人知道你的能力嗎？」

我說：「我也是。」然後是「還好」，「喔，隨便啦」，「嗯」，「沒有」，最後她問了個我回答不了的問題：

「你要不要來找我？你還記得怎麼去夢娜阿姨家吧？搭長島鐵路，從大西洋站坐到——」

我打斷：「妳不是一個人住？」

「還不行，親愛的。我還在處理財務方面的事情，可能需要一點時間。」

「所以說，妳要把我們的家具通通拿走，但妳其實根本沒地方放？」

她沒有馬上回答。由於她沉默太久，我還檢查了一下手機，確定沒不小心切斷通話。我沒按到。

「我不是為了那些家具。」她說：「何況，你爸爸手頭很寬裕，那些東西他買新的就行了。」

「那是為了什麼？」我問：「盡可能不讓我們好過？」

「白楊，寶貝，不是的。」她說：「我只是想保護自己，就這樣而已。」

「什麼意思？」

又一陣沉默，這次比先前短。

「你跟你爸的能力。」媽的語氣變得有些脆弱，她提到我們的魔法時經常如此。儘管她很少提到魔法。「我曉得他絕對不會用在我身上，但要是能**避免**他這麼做，我會放心得多。」

這時，我終於讓自己面對事實。我們不能留那些家具，是因為她也用過那些家具，因為爸跟我依然能透過家具探進她的心智。

「妳不信任我們。」我說，一講出口便覺得自己好蠢。她當然不信任我們，她都離我們而去了。

「我信任你。」她只說：「來找我，好不好？」

「妳離開的真正原因是什麼？」我問：「是因為我們的魔法嗎？」

第三度沉默，這次最久。

「不是因為魔法本身。」她說。

「不然是什麼？」

「白楊……」我聽見她深吸一口氣，「你想你堂姊嗎？」

「什麼意……等等，妳說石楠？」

喪禮已經過了好幾個星期，大家早就回歸正常生活了啊。

「我就是在說石楠。」媽說。

「我不……我是說……我和她根本不熟。當然，她死掉是很難過的事，但我們的感情又沒那麼好。」

「可是你在喪禮上哭了。」媽溫和地說。

「呃，哪有。」我說：「妳該不會把我記成冬青姑媽了？」

「你有。」媽說，徹底無視我的玩笑。「去問你爸，那時他也在場。」

「是喔，隨便啦。」我說，任她繼續試著說服我去看她，內心則暗暗發誓絕對不去。

那天晚上，我問了爸關於喪禮的事，問他記不記得我哭了。他想了下，搖搖頭，說：「可能是我記錯，但我沒印象你有哭。怎麼了嗎？」

「沒事。」我說，之後再也沒提。

第六章

隔天我睡得很晚，錯過培根，錯過咖啡，顯然也錯過布蘭迪溜出我房間的時候。終於醒來時，床的另一側空空蕩蕩，只有一張摺好的紙條端坐在枕頭套上。我摸索眼鏡，好閱讀字條：

白：開車去接席歐，大概會去湖邊，跟他單獨談談。晚點見好不？跟平常一樣吃晚餐，大概六點？

——布

P.S. **昨晚超好玩。晚點再來一場？**

親一個

太讚了，她想再來一場，而且我今天不用去湖邊。感謝上天，我真的去湖邊去膩了。

我打開手機確認她有沒有傳訊息，結果沒有。說不定她不想讓通知聲吵醒我，說不定她就是基於這個原因才留了手寫字條，這份說不定發生過的體貼令我微笑起來。

等到我下樓煮咖啡，時間已近中午。在我靜待咖啡煮滾時，奶奶走進來看見了我。「噢，我正在想你什麼時候會起床。」

「怎麼了？」我問：「懸崖裂了嗎？如果是，只要妳有空，我隨時可以幫忙修。」

「有人今天早上心情很好喔。」奶奶對我一笑，彷彿……了然於心。

但她不可能知道吧？布蘭迪跟我小聲得很，有時為了壓低聲音簡直要命。再說，要是她曉得，我也不想知道她曉得。嗯。

「才沒有。」我說：「總之，懸崖怎麼樣？」

「要到晚上，」她答道：「裂縫晚上才會出現。」

「這樣啊。」我說：「等一下，妳怎麼知道什麼時候會裂？」

「憑經驗。」她回答：「每年獨立紀念日都有上百人聚在懸崖上，有那麼多人加起來的重量，隔天自然會產生裂縫了。但不會馬上裂。」她補充道，目光變得迷離，「懸崖會全力撐住，除非別無選擇，否則不會向我求助。」

「是喔。」我依然不太懂她是怎麼跟懸崖交流的，但我沒問。現在不是時候，我的腦袋缺乏咖啡因，八成理解不了她的答案。

說到這個……

一如往常，喝下第一口咖啡的感覺，好比在八月豔陽天從早晒到晚，然後總算沖了個冷水澡。

「你要去湖邊找朋友嗎？」奶奶問，「你那位姑娘今天早上挺早出門的。」

我那位姑娘。嗯，她鐵定是知道。我努力不要為了她知道而渾身不舒服。

「不去，」我飛快地再啜一口，接著說：「我今天應該會待在家。」

「起碼去外面晒晒太陽，」她說，朝窗戶點點頭，「天氣很好。」

雖然她說的是天氣，可我忍不住心想，今天確實各方面都是個好日子。我是說，昨晚我跟布蘭迪上了床，她堪稱是我人生摯愛。我跟布蘭迪上了床，睡得超熟，現在手中有杯好喝到不行的黑咖啡，一切都很完美，十全十美。

只是……

不，稱不上十全十美。因為，昨晚除了跟布蘭迪上床之外，還發生了別的事。

昨晚是我第三度想從那個叫莉亞的女生身上偷東西，也是第三度失敗。

「嗯，」我說：「去外面聽起來不錯。要舉行儀式的時候打給我，好不好？」

我來到水檬書店，莉亞不在，只有上次那個把書放到架上的老人。

「需要幫忙嗎？」他在我走近收銀臺時問，隨即瞇細了眼，推了推鼻梁上的金絲眼鏡。「啊，那個偷手機的。孩子，你還是離開這間書店比較好。」

「我不是——」我沒說下去，我受夠要為那次白痴手機事件辯解了。「聽我說，我只是來找莉亞，她在不在？」

老人嘆了一聲。「不在，今天店裡只有我。連盧埃林太太週末也沒辦法排班，她人不在鎮上，不知是多倫多還是哪裡找家人了……嗯，反正是加拿大的某個地方，她老是說著要搬過去。她跟莉亞、傑西個個都這樣，我這些員工鐵定會放我一個人忙到今年夏天結束，你等著看。」他打住，瞄了我一眼。「你該不會肯來工作吧？」

「就算我偷手機也沒關係嗎？」

他發出乾啞的笑聲，「不要偷書跟現金就好，其他你愛偷什麼我不在乎。」

我微笑起來。這傢伙挺怪，但也挺酷的。「抱歉，可是不用了，我真的只是來找莉亞。你是說她離職了？她去別的地方上班了嗎？」

「不不，她沒離職！只是請病假。」又一聲嘆息，「辭掉的是傑西——至少我覺得他想辭掉，畢竟他連續四次值班沒來，連假都沒請。可是我們莉亞打算去找他，叫他回來，到時我猜她會想辦法說服我不要炒掉傑西。她對那孩子總是特別心軟，是不是。」

我腦中浮現醉鬼莎蒂昨晚在派對上給我看的照片：莉亞倚著傑西坐在長椅上，不知為何看來有些羞澀。我說：「大概吧。」

他接連眨了幾次眼，目光陡然清明，彷彿剛從迷茫中回神，打量了我一下。「不好意思，你剛到鎮上吧？我怎麼在這瞎扯著員工的事，好像你知道我在說誰似的。不說了。我叫哈利，不管你是不是偷了手機，很高興認識你。」

他伸出手，我握了握。

「說到莉亞，」我提醒他，「你知道哪裡可以找到她嗎？還是你能把她的手機號碼給我？」

哈利對我露出爺爺般的笑容，搖搖頭。「我不能把員工的手機號碼亂給別人，也不清楚她會去哪。我想傑西在哪她就會去哪，雖然她好像不確定傑西人在什麼地方。說不定是臨時起意跑去露營了，天氣挺適合的。」

其他幾張莎蒂的照片閃過我腦海。對鏡頭扮鬥雞眼的傑西；如果不是基於不明原因沒來派對，會真的嗨到屋頂上的傑西；被我在上次三位儀式中偷走好勝心的傑西……

「……叫什麼名字，孩子？」哈利說著，我過了片刻才意識到他在問什麼。

「喔，」我突然有些窘，「白楊．快克。」

「快克是嗎？」哈利雙眉一揚，「快克家的人我也認識幾個，我說真的。」

「你應該認識我奶奶，對不對？」我問，一說出口就後悔了。遇到比你老的人，是該照實說出他比你老，還是該假裝他比外表年輕？我從來不擅長判斷這種事。

不過哈利笑了。「我想是吧，」他說：「你奶奶是哪一位，常春藤還是百合？我跟她們讀過同一所學校，都是可愛的女孩，名字也美。」

我皺起眉頭。「其實兩個都不是，」我說：「我奶奶叫垂柳。」

他端詳著我，再度一推眼鏡。「垂柳。」他複誦，音調發得字正腔圓。「從沒見過哪位垂柳。話說回來，也許她是年紀大了些或小了些。不過我滿確定她們姊妹只有兩個人才對。常春藤有段時間對我頗有好感，你曉得不？我們畢業前，她整整喜歡了我一年，只是她後來去紐約市讀大學了，當時可是件大事。她從此沒再回來，我們就斷了聯絡。不過這也是常有的事，是吧。」

說實話，才不。真正變成常態的是，奶奶養成了不讓任何人記住她的習慣。看來這個原則也適用於這傢伙囉？他搞不好是從小跟奶奶一起長大的人耶。

真可怕。

然而我只說：「大概吧。」一邊暗自記住，晚點要問奶奶她是不是有從沒告訴過我的姊妹。「那，如果你見到莉亞，能不能跟她說我在找她？」

「會的。」哈利說，我走向門口。「工作的事我是認真的，好嗎？想來就告訴我。」

那天晚上我抵達餐館時，席歐跟布蘭迪已經占了我們的老位子，彼此對坐。我正要走上前，布蘭迪便高聲說：「嗨，帥哥！」

她那個語氣讓我分不清是不是在打趣我，不管是或不是，席歐只是翻了個白眼，我猜這代表他們已經談過了，席歐知道了我們的事，也能夠接受。

「嗨。」我應聲道，坐進她身邊的位置，輕啄一下她的嘴唇。只有輕輕點一下而已，畢竟席歐就在旁邊。跟兄弟的前女友交往是一回事，在傷口上灑鹽是另一回事，我可不想當個死白目。

「我們點好了，」布蘭迪說：「你想吃跟平常一樣的，對不對？漢堡套餐，三分熟，配餐選薯條？」

「完全正確。」我說，竊喜她留了心。「湖邊好玩嗎？」

「不錯啊。」席歐說：「風有點大，但不錯。」

「這不是重點，」布蘭迪慢慢勾起狡黠的笑容，「席歐有**好消息**。」

「好消息？」我問。

「拜託。」席歐說，閉上眼睛，「不要現在啦。」

「為什麼不要現在？早說晚說又沒差。」布蘭迪轉頭看我，藍眼閃著光采，「昨晚走了好運的人不只我喔。」

席歐哀叫，用雙手摀住臉，順著椅背往下滑。

「真的假的！」我說：「幹得好，老兄——欸，等等，是跟誰？不是小娜……不對，**該不會**是小娜？」沒錯，我昨晚最後一次見到她時，她正在跟那個褐髮女孩熱吻，可是那未必代表什麼。搞不好她是雙，搞不好她是幾杯黃湯下肚就會變成接吻狂魔的那種人，也搞不好昨晚是三人行——

「不是，小娜是蕾絲邊。」席歐說。

好吧。

我問：「那是誰？」

「可莉。」席歐說，不是對著我，是對著桌面。

「昨天辦派對的那間房子就是她家，」布蘭迪解釋，整個人洋溢著興奮。「懂了嗎？席歐只跟我說他有地方過夜，卻沒說過夜地點就是**女主人的裙底**。」

我噴笑，席歐再次抹臉，尷尬到連我都差點同情起他來了。差點而已。我主要是覺得高興，因為布蘭迪看起來好慶幸，昨晚的猶疑、生怕跟我上床會傷了席歐的憂慮，通通煙消雲散。席歐根本不覺得難過，甚至睡了一個叫可莉的女生，這表示布蘭迪跟我可以放心在一起了。

「很划算嘛。」我說：「所以那是一夜情，還是你打算繼續約她？」

席歐的雙手稍稍分開，隱約露出一絲笑意。「不久前打了電話給她。明天要帶她去約會。吃個晚餐，看星星，也許找幾個星座。在這裡一定看得到更多星星。」

「讚，」我說：「很浪漫，她會喜歡的。」

「等一下。」布蘭迪說：「吃晚餐跟觀星？你認真？」

席歐呆看著她，我也是。我們顯然有什麼沒領悟到。

過了幾秒凝重的靜默，布蘭迪一聲嘆氣。「**我跟你**第一次約會，你也是這麼做的。怎樣，那是你的標準行程喔？」

席歐微微縮起肩膀，「呃。就有用啊。所以囉。」

她再度一嘆，一副無奈又厭世的樣子。「你們男生真的是。」

「欸，」我用手肘輕推她一下，「我可沒有。」

「嗯哼。」她回我，但對我露出微笑。

「餐送來了。」席歐說，像是大大鬆了口氣。

然而，在我們吃晚餐時，布蘭迪的微笑逐漸轉為……嗯，有點像是擔憂，或是惆悵，看來有點傷心。

絕對沒好事。

於是我伸出手，指尖擦過她那件連帽上衣的袖子，探入意念，四處尋找讓她看起來傷心、惆悵、擔憂的源頭。

果不其然，我的擔心得到了印證：她的思緒表層有那麼一絲醋意。這不是先前遺留的醋意，不可能是，因為我已經把她過去對席歐的所有感情全偷走了。這很新，新得尚未滋長至能引起她注意的程度。

現在它也沒機會滋長了。我輕而易舉將之拔除，任其消散於無形。我輕捏了下布蘭迪的手臂，閉目半晌，等待採取的後遺症消退，接著繼續吃我的漢堡，她則繼續問席歐關於可莉的事。

不過，我沒留神聽她問了什麼，也沒聽席歐簡短而窘迫的回應。我滿腦子都是剛從布蘭迪身上偷走的那絲醋意。

我早該想到有這種可能。真的早該想到了。布蘭迪對席歐原本的愛是消失了沒錯，然而席歐還是席歐，布蘭迪還是布蘭迪，代表他們最初相互吸引的要素都還在。假如任憑事態自然發展，被我偷走的情感再度萌芽也是合情合理。

布蘭迪以自身意志選擇了我，但要是我想維持這段關係，從今往後勢必得更加謹慎。

之前

我八歲，四周環繞著雲霄飛車。真的是**四周**，四面八方都是高聳入天的雲霄飛車，滿載因開心或害怕而放聲尖叫的乘客。我記得當下心裡的念頭是，我也好想好想上去當那些尖叫的人。

那天是平日，排隊買票的隊伍很短，所以在我興奮到爆炸之前，我媽很快就買了票回來。

「這是入園票，」她說，將幾張卡片交給我爸。「還有……登登！三張颶風雲霄飛車的搭乘票。」

颶風可說是雲霄飛車界的聖杯，席歐是這麼告訴我的，而席歐可說是康尼島遊樂園的專家。他從小常跟家人一起來玩，我呢？還是頭一次來。

我問：「可不可以先去玩颶風？」

爸跟媽越過我的頭頂相視而笑，我們便出發了。

然而，輪到我們時，有個滿臉痘痘、一副呆樣的青少年伸手攔住，問我：「你想去哪？」

「呃，坐颶風？」我說，指著他身後巍峨聳立的雲霄飛車。「不然呢？」

「去那邊站著。」痘痘男說。我一頭霧水，看到他指的方向才恍然大悟。標示牌上寫著「身高限制：一百四十公分」，並畫了一個記號，標明一百四十公分的高度。我的心直往下沉，走過去站在標示牌旁。我不夠高。

「不好意思，我們不曉得……」媽開口要說，爸卻打岔：

「喔，不要這樣啦，破個例不行嗎？」

痘痘男招手示意下一對成年情侶上去，然後回頭看著爸。「沒辦法，老哥。」他說：「安全問題。」

「他很安全啊，」爸說：「他一百三十五公分，五公分沒差那麼多。」

「差在我會被炒還是能保住工作。」痘痘男說。

「我們換個地方談談吧。」媽說，但沒人理她。

「不要這樣啦。」爸說，湊近痘痘男，彷彿他倆是好兄弟。「要是我們被逮到，我會跟你老闆說是我們偷偷帶他上去的。拜託嘛……」

痘痘男的神色逐漸改變。上一秒，他臉上還一副跩樣，似乎對逮到了我們感到十分得意；下一秒，他的表情變得有些神祕，像是要串通什麼。

我這才注意到爸的手搭在痘痘男的手臂上。他正透過採取改變那傢伙的心意，一切正在我的面前發生，有夠酷的！

「下不為例。」痘痘男說，「要是出了什麼狀況，你要照你說的幫我搞定，行吧？」

「行。」爸說，於是我們順利入內。

等待搭乘時，媽開了口：「安迪。」口氣半是厭倦，半是警告，這語調經常預示著他們即將吵架。

「我知道，我知道，」爸說：「可是他幾百年前就想坐這個雲霄飛車了！何況只差五公分。」

媽說：「你搞不好會害那個可憐的孩子丟工作。」

我回頭往痘痘男一瞥，他看起來不像會碰上什麼麻煩。媽管他幹麼？他那麼煩，臉又那麼呆。

爸說：「他不會丟工作。」

媽堅持：「但**有可能會**。」

「但是不會，」爸說：「我們今天就好好地玩，可以嗎？有什麼事回去我們再私下談。」

媽瞥了我一眼，然後再度看向爸。我原以為她會堅持要當場吵，但她還來不及說什麼，我們的車廂剛好來了。我坐在爸旁邊，媽坐在我們後面，跟一個陌生人一起。我們繫緊安全帶，我好開心痘痘男沒阻止我排隊。

應該說，我好開心爸讓痘痘男回心轉意。

雲霄飛車開始前進，這時我靠向爸，說：「謝謝。」

「小事一樁，兒子。」他說。我們一路向上，碧藍的天在眼前展開。

第七章

奶奶說國慶日會害懸崖出問題不是說笑的。隔天出現了一道小縫，應驗了她的話，那還只是開端而已。之後一連七天，奶奶、冬青姑媽跟我每晚執行三位儀式，從不認識的人身上偷走各式各樣的小東西。

我取走一個女人對流行樂的極端嫌惡，取走一個小三生不敢在課堂上回答問題的羞赧，取走一個二十幾歲男生對某位電影女星的迷戀（他八成這輩子都見不到那位女演員），取走一個老人對於駕照被吊銷的憤怒。

然後，每次儀式結束，在我踏出起居室上鎖的拉門之後，我會用意念探進布蘭迪的心，檢查她是否對席歐萌生了任何新的感情，不單純只是友誼的感情。

我找到了一些東西。對席歐那雙臂膀的一縷傾慕，對於他以前會用全身將布蘭迪裹進懷裡的一絲想念，諸如此類。我趁它們演變為更濃烈的情感前全數偷走，這麼一來，我就能確定布蘭迪待在我身邊時，並不是……嗯，心裡不是想著別人。

她最近經常跟我待在一塊，加上席歐三不五時拋下我們，去跟那個叫可莉的女孩子約會，所以我們獨處的時間更多了。我們借了冬青姑媽的車，跑去重刷《木星之血》；在大街漫步，吃著冰淇淋跟難吃到爆的披薩；甚至去五朔節草原野餐，在那裡，我絞盡腦汁用不至於洩漏家族祕密的說法解釋，為什麼樹下擺了那麼多玩具、紙張、書籍跟各種物品。

「喔，所以是為了祈福？」聽完我長達好幾分鐘泰半不知所云的解釋，她說：「每年在那邊放個小東西來祈福？」

這比我剛剛講的那一大堆單純多了。

「對，差不多。」

「好可愛，」布蘭迪說：「我也要留個東西。」

「不要！」我說，但她已經起身，就要往神樹走。

她停住腳步，顯然很不解，「為什麼？」

「呃。」我自然不能告訴她實話。「這個，因為現在不是五朔節。五朔節的時候才可以放。」

她翻了個白眼，「那也太瞎了吧。」接著繼續走向神樹。

「布蘭迪，拜託，不要啦。」我說，留在原地盼著她回頭，她卻持續走上前去。

她彎身，不知把什麼放在物品堆上，然後走了回來，思緒像是飄到了九霄雲外。

「好了，祈福了。」

我問：「妳放什麼？」

布蘭迪微微一笑，「是祕密。」

那一晚，隨著奶奶和冬青姑媽回到草原時，我留心注意任何可能屬於布蘭迪的東西，甚至探進幾件物品當中，看看像不像是她的。然而，不管她放了什麼，我終究沒能找出來。

終於，在連續第七晚的三位儀式尾聲，奶奶長吁一口氣，說：「好了，應該能再撐一陣子。」

「妳確定？」冬青姑媽問。

「當然不確定。」奶奶心平氣和地說：「我總要在時機到來時才有辦法肯定，妳也知道的。」

不過她的語氣聽起來夠肯定的了，我內心湧上一陣慶幸。今晚做起來不怎麼輕鬆愉快，原因是正下著滂沱大雨，害整個五朔節草原鬧起水災。據說這場雨會下一整夜，搞不好更久。

希望不會更久，每逢下雨，我的脖子就加倍難搞。

但我也有點期待會下久一些，因為我喜歡下雨的聲音，特別是在晚上。我也喜歡跟布蘭迪舒適地窩在屋裡，躲在保護我們的四堵牆之內，避開外頭的狂風暴雨。

如同每一夜，那天晚上，布蘭迪最後回到自己房裡去睡覺。她的理由是我會打呼，不過我滿肯定其實純粹是由於石楠的床太小：打個砲不成問題，卻不太適合真的睡過夜。

等她離開，把門在身後帶上，我才發現一件重要的事：我忘了趁風雨開始前關好石楠臥室的窗戶，也就是說，房間最外側的地毯此時八成溼透了。這好解決，反正我可以明天把地毯捲起來丟去烘乾，只是我真的很想繼續開著窗戶。

我在地下室一陣翻箱倒櫃，找到了完美解方：一張能拿來接水的藍色防水布。我將這塊布鋪在窗下，隨後取下隱形眼鏡，調整後腦勺下的枕頭，聽著打在塑膠布上的雨聲沉沉睡去，那聲音莫名地令人放鬆。

後來，我又醒了。

有人在竊竊私語。

我在床邊的桌上摸索眼鏡，努力讓思考恢復條理，把睡夢中的思緒跟清醒的思緒分離。有個人聲在喊某個名字，但我不是被那個嗓音吵醒的。在那之前還傳來一聲悶響，像是碰撞聲。

胡亂摸索的手指總算找到眼鏡，我將眼鏡戴上，整個房間轉趨清晰。沒人在。

不對，有個人。

在窗下，不知是誰倒臥在防水布上，似乎是在那裡跌了一跤，只是尚未恢復爬起來的力氣。

有人擅闖民宅，我得大叫，得觸碰對方，而且要接觸得夠久，想辦法偷走他們想搶劫我或殺我的念頭，我要——

可是，我一打開石楠的床頭燈，那個伏在地上的人便抬起頭來，水順著那人的長髮滴在防水布上，我腦中那些該做這做那的想法頓時化為單純的困惑。

「搞什麼？」我嘀咕，坐起身，伸手到眼鏡下揉掉眼裡的睡意。「莉亞？」

「白楊？」只見莉亞一手按住肩膀，我頓時恍然。她不知用了什麼方法從窗戶爬進來，在防水布上滑倒，大概是肩膀撞到牆壁，發出的聲響這才吵醒了我。「你不是……」她說：「我是說……你應該要是石楠才對。」

「妳應該……不在我的房間裡才對。」我像個白痴似地說，「妳怎麼上來的？」

「外面有樹，」她說，「我爬上來的。」

她爬樹。也對。我光腳踩在地板上，小心翼翼走向防水布，伸出一隻手給她扶。她無視我的手，倚著窗邊的牆壁，憑一己之力站了起來。

「那裡怎麼有布？」她問，瞄了防水布一眼，離開那塊布走到地毯上。她跟我一樣赤著腳，腳上沾了點點溼土。

我說：「擋雨用。」

她直盯著我，「你不如試試看關窗戶。」

「在外面下這種大雨的時候？」可能是因為外頭雨聲大作，加上我的心仍在怦怦狂跳，我的語氣頗為雀躍。「才不要。」

「怪咖。」她喃喃說，雙手抱胸。她身上那件天藍色睡衣徹底溼透，溼到我清楚看出她沒穿內衣。我本該移開目光，卻在同一時刻注意到另一件事。

「欸，妳在發抖，」我說：「進來吧。」

這說法有點瞎，畢竟嚴格來說她早就進屋了。不過她走了幾步遠離窗邊，雙手上下猛搓臂膀，有如努力生火的童子軍。

我翻找著看起來夠溫暖的東西，把我找到的第一件掏了出來，那是石楠衣櫃裡的蓬鬆紫毛毯。

「拿去。」我遞給莉亞，可是她沒接，似乎根本沒看見。算了，反正這件毛毯太小，大概保不了多少暖。

「我還是回去好了。」她說，猶疑不決地回頭望著窗口。「我不該來的。」

「等等，」我說：「妳剛剛那樣說是什麼意思，我應該是石楠？」

莉亞轉頭瞥向我。「呃，哈囉，這是她房間啊？」

「呃，**哈囉**，」我說：「她二月就死掉了啊？」

「真好笑，」莉亞說：「笑到我肚子痛。告訴我她人在哪就對了，我再也不煩你。」

「她**人在哪**？」我跟著說，完全不知所措。

「不告訴我也沒關係。她又跑去歐洲度假爽玩一波了，對不對？我想也是。這些有錢人，真是的。」

「莉亞——」

「她什麼時候回來，我要——」

「**莉亞！**」

她猛地閉上嘴，我也被自己的音量嚇了一跳，彼此都沒料到我會這麼大聲。我花了幾秒細聽臥室門外的動靜，以防萬一。

屋裡跟之前一樣安靜，我放下心來，這才注意到莉亞的表情。滿臉的迷惑，她剛剛真的以為我在開玩笑。

我問：「妳不曉得？」

她呆看著我。「曉得什麼？」

「石楠去世了。」我重複一遍，「二月第一個星期。她的肺得了不知道什麼病。」

莉亞繼續愣愣看著我。過了片刻，她慢慢搖起頭來，反覆搖著，似乎根本沒意識到自己正在做這個動作。

「二月。」她說。

「對。」我說，端詳著莉亞。有哪個地方不太對勁。她跟石楠熟到敢從石楠臥室的窗子爬進來，甚至是在（我瞥了眼櫃上的鐘）凌晨兩點，怎麼會不知道這麼大的消息？

「在情人節前不久。對，她就是那時……」

這次我沒開口，凝視著她額頭擠出皺紋，等她把話說完。

「她就是從那時候起再也沒來上課。」

「喔，對啊，」我說：「因為她死掉了。」

「可是我去問過，」莉亞接著說，彷彿沒聽見我的話。「他們說她轉學了，我猜八成是紐約市的哪一所高級藝術學校，她以前說過要申請獎學金，我以為她總算……」然而她的眼神再度轉趨銳利，緊盯著我。「他們幹麼騙我？誰會在這種事情上說謊？」

我掌心朝向她舉起雙手，彷彿這麼做能阻止她抓狂。「同學，妳問錯人了。」

這時，我想起參加石楠喪禮的人少得可憐。我記得她的朋友一個也沒來，只有親人在場。為什麼？

「然後她……」但莉亞又一次沒把話說完，一手慢慢抬起，攤開來按住胸口鎖骨下方的位置，看似恐慌症即將發作。我關上窗，走向石楠的衣櫃，在裡頭翻尋，拿出一件很粉嫩的浴袍。

「大概跟妳的風格不太搭，」我說，遞出去給莉亞，「至少感覺很暖和。」

她遲疑一下，說：「那是石楠的。」不過她仍接了過去，套在身上。「謝謝。」她咕噥，與其說是對我道謝，不如說是對著地板。現在她不再發抖，整個人徹底靜止。「我就是不敢相信……」

「是啊。」我說：「呃，聽我說，我不想耍白目，可是……既然妳跟石楠要好到會爬對方的窗戶，妳怎麼會沒發現……我是說……難道妳沒注意到她再也沒有，比如說，打給妳之類的了嗎？」

莉亞張開嘴，有那麼一瞬間，她看起來像要殺了我，或是要哭。可是她只簡短地說：「我該走了。」

「最好是啦，」我說，指著她背後的窗戶，「外面狂風暴雨耶。」

她回頭一望。玻璃另一側的風雨愈發強烈，雨水落下的角度幾近水平，我哪可能讓她回到外面去。「莉亞。」我說。她沒回應，額頭皺了幾來，幾乎放空地盯著呼嘯而過的雨幕。「莉亞，那個，如果說了神經大條的話我很抱歉。」

依舊沒反應。

「莉亞！」

她猛地一震，有些惱火地拂開臉上的髮絲，瞇眼看我：「幹麼？」

我問：「妳來到底是想做什麼？」

莉亞微微張口，接著再次閉上。她彷彿看著我後方，也彷彿眼中根本就沒有我，一瞬間，我分不清她是快要昏倒、快哭出來，還是會掏出一把槍爆了我的頭，任憑腦漿噴濺在石楠的牆壁上。莉亞乍然得知石楠的死訊，加上外頭狂風大作，感覺今晚要發生什麼事都有可能。任何事。

換作別人，我會直接用意念探進她的心智，取走悲傷或震驚什麼的，偏偏我上一回從莉亞身上偷東西，結果是我在陌生人的後院裡斷片。於是我盡量好聲好氣地說：「莉亞？說吧，怎麼了？」

「是傑西的事。」她說，嗓音滿載我無法分辨的情緒。「他……天哪，現在這一切聽起來有夠白痴。我不曉得石楠死了。我不曉得。」

「傑西。」我大聲說，試著喚回她的注意力。「那個做了螢光棒呼拉圈的傑西？」

「**我的朋友**傑西。」短短不到一秒之間，她一副防衛的姿態，接著表情轉為生氣，再變成絕望。「他出了點狀況。我以為……就是，我以為石楠幫得上忙，也搞不好本來就是石楠做的。或也許既是石楠做的，但她也能幫忙，我不知道。不過現在大概都跟她沒關係了吧。老天，對不起，我聽起來好像神經病。」

「不會啊。」我撒謊，讓語氣盡量溫和。「傑西怎麼了？」

莉亞吸吸鼻子，「聽起來會很白痴。對你來說很白痴。」

「我絕對聽過更白痴的。」

「是真的很白痴。」

「時間已經過半夜了，」我說：「一過半夜，不管什麼事聽起來都不會很白痴。」

她定定看著我好一會，然後開了口：

「傑西看不見了。」

「是……最近才看不見的？」我謹慎地說，回想莎蒂給我看的照片：傑西站在屋頂，周身閃著五顏六色的螢光。即便他看得見，搞這齣也夠帶種的。要是他看不見，**哇靠**。

「對！」莉亞雙手一攤，「你看，就說你不會懂。」

「懂什麼？莉亞，說嘛。」

她開始緩緩朝窗戶的方向後退，「算了，我還是……慢著。等一下。」她站定，眼睛對我一瞇。「二月。她是二月去世的。**你**來這裡多久了？」

「我？」我說，「幾個星期而已，六月底來的。為什麼要問？」

莉亞輕吸一口氣，我從她的眼神中看出她想通了什麼。「喔——」她說：「不是石楠做的。是**你**。」

「哇，等等，」我邊說邊退後一小步，「什麼是我？我做了什麼？」

「**我做了什麼？**」她學我，吊高嗓音，一副高人一等的口吻，「喔，少裝了。」

「好，我是說真的，我做了什麼？」

她微微偏頭，盯著我，似乎摸不準我是不是在騙她。我可沒有，絕對沒有。

「派對那時我用的杯子，」她說：「還有你來書店那天拿了我的手機。」

「我告訴過妳，我是要把號碼——」

「我手機上沒有你的號碼，」她隨即打岔，「我看過了。」

「妳的手機跟我的不一樣啊，」我說：「我還沒搞懂要怎麼用，就被妳抓到了。」

「意思是說你沒有石楠的能力囉。」

我眨著眼，徹底呆住。她知道。奶奶認定全鎮沒人知道快克家族擁有的力量，可是她錯了。

莉亞一清二楚。

「呃。」我努力裝出跟平常一樣的語調，「石楠……石楠有什麼能力？」

莉亞挑起一邊眉毛，「你這樣問，是因為你想知道她的祕密，還是因為你早就知道了，只是要我先說出來？」

我渾身發涼。她知道，她知道，她知道。

還沒想到妥當的回答，她便說了下去：「石楠可以從別人身上拿走東西。她能——以前她能把意念探進別人的物品，或是他們碰過的東西，拿走他們身上的一部分，透過那個詭異的儀式餵給懸崖。」

「我……」

「你也做得到，」她加上一句，語氣中再無疑問。「對不對。」

一陣彷彿會延續到天荒地老的沉默。一邊是莉亞，儘管頭髮溼成了落湯雞，身上披著蠢死人的粉嫩浴袍，姿態卻宛若真理與正義女神；一邊是我，戴著眼鏡，穿著睡衣，光著雙腳。

「對，我做得到。」

我從沒把祕密告訴任何人。沒告訴席歐，沒告訴布蘭迪，誰都沒有。

我試著微笑，但這個動作只是讓我的臉變僵。於是我深吸一口氣，坦白地說：

然後，在我還沒反應過來時，莉亞便衝向我，兩隻手用力一推，令我大步後退，雙腿撞到石楠那張床的木製床架。

「你為什麼要這樣？」她質問，深褐色眼眸燃著怒火，「為什麼是他的視力，你什麼不好拿——」

「我什麼都沒做！」我說，連忙本能地用雙手護住胸口，免得她又要打我。「我是說，不算是完全沒做，可是我沒拿走他的視力，我發誓真的沒有。」

「那告訴我是誰拿的！」

「噓！」我發出氣音，瞄了門口一眼。「小聲點，好不好？我怕他們聽見。」

「誰？石楠的媽媽？」

「還有我朋友跟我奶奶。大家都在睡覺。」

她眨著眼，「石楠的奶奶什麼時候住在這了？」

「從……」喔對，一堆人被偷了關於奶奶的記憶，莉亞大概也是那一海票人之一。糟糕。「呃，不曉得。總之，聽我說，妳為什麼覺得是石楠害他看不見？難道不是……妳知道……他自然而然就看不見了？」

「自然而然看不見。」莉亞語氣毫無起伏地重複，像是要我親耳聽聽我的話多蠢。她成功了，我一窘。「所以你**做了什麼**？」

「嗯……？」

「你剛才說你什麼也沒做，」她不耐地交叉雙臂瞪著我。「然後你又說不算是完全沒做。所以呢？你做了什麼？」

「他好勝心很強，」我說：「我拿走他的好勝心。我只拿了這個。」

「那為什麼……」莉亞開口，只說了一半，不過這次的問句更像是自言自語。

「我不曉得，儀式跟以前完全一樣。」

「他的好勝心。」莉亞說，表情有些奇妙，幾乎像是要微笑。「天，他的教練鐵定會崩潰，偏偏就在高中最後一年。他是籃球隊隊長。」她用力一嚥口水，視線落向地板。「雖然他現在也看不見了……」

「是啊。」這時，我想起先前的猜測，那正是我回書店找莉亞的理由。「等等，妳是不是也可以？」我問她，「我是說從別人身上拿走東西。妳是不是——」

「不行。」她的肩膀一垮，「我是很想，但沒辦法。」

「那妳怎麼知道的？」我問：「我奶奶說沒人曉得……就是……我們的事。我們的能力。」

「以前我們還是好朋友的時候，石楠告訴我了。嚴格來說，她告訴我是不行的。」她補上一句，隨即神色尷尬。「對不起。」

「為什麼要對不起？」

她縮起肩膀，「說死者的……不該說他們的壞話。」

「噢。」我說，雖然我滿肯定陳述事實不算講壞話。

「總之，除了我以外沒人知道，」莉亞說：「只有我知道。連傑西都只知道他再也看不見了，但他不曉得原因。」

傑西，對。再度聽見他的名字，我的思路清晰起來。我瞇起眼，「說到這個，今晚到底發生什麼事，讓妳非要馬上趕來？明明外面還在……」我往窗外的狂風暴雨一比。

莉亞嘆了口氣，坐在地板上，背部倚著收納櫃，我則在她對面的床上坐下。她曲起雙膝，用下巴抵著，像立起一面盾牌。

「他將近兩個星期都找不到人，」她說：「不接我的電話，連莎蒂或哈利的電話也不接。哈利是我們書店的老闆。大家也聯絡不上他爸媽。」

我點頭。

「今天晚上，我正準備要睡覺，手機就響了，是他打來的。他說他剛回鎮上，說他很抱歉沒打電話，可是……」她沒說完，接著甩了甩頭，像是要集中注意力。「反正某天早上，他一覺醒來就看不到了，就這麼簡單。他爸帶他去看眼科，醫生卻找不出原因，於是他們又看了另一個醫生，還是沒用。

「所以他們約了一個紐約市的專科醫生，但一樣沒有任何發現。他們在紐約市待了超過一星期，看了一個又一個醫生，沒人找得出毛病出在哪。視網膜沒有剝落，沒得什麼會導致失去視力的病，一切都好好的。到頭來，他只能決定是要待在那裡給什麼大學的科學家當白老鼠，還是要回家。」

「喔，要是我也不想當白老鼠。」我說。

「對吧？」莉亞說。「他說，他沒打電話是因為不知道要說什麼。就是，他不想先跟大家說他沒事，過兩天才發現他得了什麼詭異的罕見疾病。」

「也是有道理。」

「才沒有！」莉亞說：「我痛罵了他一頓，欠揍的傢伙。但我也試著安慰他……後來，等他掛電話改打給莎蒂，我立刻出門，跑到這裡，從窗戶爬進來，就這樣了。」

她甚至顧不上穿雙鞋子。

我問：「為什麼要來這裡？」

「因為，」她馬上答道：「發生在鎮上的每一件超自然怪事，都跟石楠家裡有關。」

我皺起眉頭。「這裡發生過**很多**超自然怪事嗎？我是說，確實是有啦，可是……發生過會讓人注意到的事嗎？」

「這個嘛，大概只有我注意到。」她說：「你懂的，有人突然不喜歡他們原本很愛的東西，或是反過來。一些很小的事，我也不曉得，有的搞不好跟儀式沒有關係，但我敢說其中一些絕對有，尤其是比較重大的。」

「是喔，」我說：「怎樣的重大？」

「比如傑西的視力，當然了。」她說，語氣再度摻雜幾分怒氣。「也有別的，比如有一次我們的數學老師突然忘記直式除法怎麼算，石楠討厭他，所以我知道是她做的。還有一次，有個女生……可惡，她叫什麼名字？總之，本來學校每次有音樂劇都找這個女生演女主角。前一天，她唱的歌好聽得氣死人，隔天呢？直接變音痴。」

「哇賽。」我說。

「像我剛剛說的，這種事不算多見。」她頓了一下，「誰知道，說不定一天到晚都有，不過五朔節神樹底下的東西有一半是觀光客留的，所以也沒辦法確定。」

「觀光客？真的假的？」

「呃，真的啊？」莉亞說，「這裡的五朔節很有名耶……？」

「是喔，我不知道——」

恰好在這一刻，一聲**轟隆**響徹整棟屋子。我發誓我感覺到腳下的地板在震動，從莉亞整個人僵住的反應看來，她也感覺到了。

「剛剛那是怎樣？」我的聲音比平常高了好幾個八度。呼嘯的風聲震耳欲聾，彷佛一群人在尖叫。

「是樹。」莉亞悄聲說，「而且聽起來是棵大樹。」

我第一個想到的是五朔節神樹，不過距離太遠，這裡不可能聽到，況且神樹鐵定受到什麼魔法保護，不會被風雨這種世俗力量摧殘。我第二個想到的是窗外那棵樹，也就是莉亞用來爬窗的樹，但我仍看得見樹枝在風雨中狂亂飄飛，可見仍活得好好的。

「該死，」莉亞驟然站起，「我的腳踏車。」她的臉色頓時蒼白許多。

「妳**騎腳踏車來**？」我說：「妳瘋啦？」

「我把車停在屋簷底下，我去看一下——」

「哪可能，」我說：「妳就不用想著要出去了。」

她瞇起眼，「你不用想著叫我怎麼做。」

我從床邊站起，走過去擋在莉亞跟窗戶之間。「聽我說，要是妳的腳踏車撐到現在，等雨停了車也不會有事。但要是腳踏車已經沒救了……妳現在出去也不能怎樣，不是嗎？」

她皺著眉，先是看著我，再看窗戶。「大概吧……」

「可是我說真的，妳不該騎腳踏車來。」

「你說得對，白楊，我應該開我那輛不存在的車。」

她瞇細的雙眼、嘲弄的口吻、嘴角勾起的戲謔笑意，在在令我倏地想起布蘭迪，只是我沒因此覺得她正，只覺得她煩。正因如此，要我說出接下來這句話真的很困難：

「妳要不要在這邊過夜？」

我們之間的氣氛似乎緊張起來。「別跟我說你又在放線了。」她說，但這次的語氣不再是挖苦，而是不確定。

「不是啦。我之前也不是在放線。」我說：「而且我現在有女朋友。」

莉亞盯著我看了半晌，才說：「要是你沒騙人，你真的沒偷他的視力，那這是怎麼回事？單純是巧合？」

「只能是巧合了吧？我進行儀式的做法跟以前一樣。」我舉起雙手，有如在法庭上受審。「我發誓，如果出了什麼不一樣的狀況，不是我幹的。」

她咬住嘴脣，再次瞥向窗外，碰巧看見一大把枝條砰地從窗戶彈飛。「嗯，我還是留在這裡好了，謝謝。」

「本來該讓妳睡客房，不過那兩間目前是我朋友在住。」我笑了下，糾正自己：「我朋友跟我女友。但妳可以睡這張床，我就——」

「不要，」她突然開口，雙眼圓睜，「不好意思，我知道這很瞎，可是……那是石楠的床。」

「所以呢？」

「所以你不覺得奇怪？石楠都已經……還要睡在她床上，用她的棉被跟各種東西？」

哦。

「棉被那些應該洗過了吧，再說已經五個月了。」

「對啊，」莉亞慢慢地說：「才過**五個月**而已。」

也對，我已經有五個月能夠消化死訊，可她才剛得知這個消息。其實也沒什麼好消化的，畢竟我跟石楠不熟。往年，我會來鎮上過暑假通常只是短暫接手協助儀式，好讓石楠去度假；我跟石楠偶爾會有幾個小時的交集，只是時間從沒長到能好好相處。

但現在已經超過凌晨兩點，被莉亞嚇醒的腎上腺素早已消退，我累壞了。

「這個嘛，」我說：「如果妳要睡地板，我是不會跟妳搶的。」

從席歐家回來的時候，爸在門口迎接我，我還記得當時心裡覺得怪怪的，因為他從沒這樣做過。然而，在那個沒什麼特別的晚上，他就是這麼做了。那時媽離開我們已經超過一個月。他注視著我脫了鞋子、將雨傘擱在吸水墊上，說：「你媽寄了電子郵件。」

我胃裡詭異地翻騰一下。「是喔？她想幹麼？」

「想知道你過得好不好，」爸說：「她好像一直試著聯絡你，可是你一直不理她？」

完全正確。當時是三月中旬，春假已到尾聲，我只接過那麼一次，聽她說了跟石楠喪禮有關的怪話，之後我再也沒搭理她的任何一通來電、任何一封電子郵件、任何一則訊息。

「算是吧。」我說。

爸點點頭，「嗯，我也是可以理解，而且你當然可以自己做決定。但你媽也有權利知道你是不是平安。」

「我當然活得好好的啊，」我邊說邊走去廚房拿水，「難道她以為要是我死了，你不會告訴她？」

爸嘆息一聲，「那不是重點，兒子。」

「不然重點是什麼？」

「要是你不想跟她講話，起碼——我不曉得，偶爾更新一下你的動態？給她看看？」

我想了想。我的確是有段時間沒上線發任何東西了，可是這能怪我嗎？現在我人生中可說是一切都糟透了，我又不想當那種愛發負面廢文的討厭鬼，老是寫些「人類最可惡」、「我恨世界，不要問」之類的貼文在網路上討拍。布蘭迪的朋友蘿倫就常常這樣，我快被她煩死。

話說回來，爸講的也有道理。我不想跟媽講話，可是也沒必要讓她擔心。

於是我掏出手機，對準我剛裝滿水的杯子拍了張照片，上傳後附上文字發布：

晚餐＝一杯純伏特加。

「可以了嗎？」我問，把手機拿給爸看。

他湊近，讀完文字，輕笑：「希望兒童保護單位看得出你只是在開玩笑。」

我聳聳肩，「要是他們當真，我就把他們的記憶偷走。管他的。」

「隨你吧。」爸搖著頭說，「說到晚餐，你在瓦德茲家吃過了嗎？」

「吃過了。」我說。席歐家今天晚上煮義大利麵，瓦德茲先生做的大蒜麵包無人能及，他們留我吃晚餐當然要答應。

「既然這樣，你都把杯子拿出來了，乾脆跟你老爸喝一杯如何？」我呆看著他，他解釋道：「喝杯酒。我最近買了一瓶沒喝過的蘇格蘭威士忌，我想喝很久了。」

蘇格蘭威士忌？我沒喝過蘇格蘭威士忌。我是喝過啤酒，喝過水果調酒，喝過能用假證件買到的便宜酒飲，但從沒喝過蘇格蘭威士忌這麼有格調的酒。

（況且，我不太確定該怎麼看待他這個問題。是因為前幾天我太晚回家，沒打電話報備，他想跟我和好？還是爸忘了我還不到喝酒的法定年齡？還是他想念家裡有另一個大人在的時候？）

「呃。」我說。

「來嘛，試試看，」他說：「要是你不愛喝，可以喝別的。」

結果我挺喜歡蘇格蘭威士忌。喝起來像爐火的氣味，好喝的那種。我這麼告訴爸之後，他拍拍我的肩膀，領著我到客廳去，打開電視，在頻道之間切換，選了個關於黑道幫派的節目，我們邊看邊啜著酒，看完一整集。

「看吧？」爸將電視切成靜音，咬字變得有些含混不清。沒關係，我的腦袋也變得有點糊。

「什麼？」我說。

「父子相處時光。」爸說，先朝我一比，然後比他自己。「**這很重要**。要是你當初選了你媽，就會錯過這些了。」

「選？」我皺起眉頭，「沒什麼好選的啊，是她走掉的。」

「哎呀！」他敷衍地用手大大一揮，「來，我去拿酒，再把我們的杯子裝滿。」

他往廚房走去，這時我回想媽離開前說的話。

要是你哪天也想走……

只要你想擺脫這一切……

我能幫你……

爸拿著蘇格蘭威士忌的酒瓶回來，將更多爐火味的酒漿斟進我的杯中，接著再倒進他的酒杯，隨後和我杯子相碰，說：「敬父子相處時光。」

「乾杯。」我說，因為這種時候就是要這麼說，也因為我挺確定媽瘋了。我才不想走，也不需要她幫忙，我需要的一切都在這裡。

第八章

我從棉被櫃替莉亞搬來一大堆備用棉被，外加一顆枕頭。再來，她要我發誓我不會趁她睡覺時偷走她的任何東西，我真心誠意發了誓。

醒來時，樓下飄來溫暖的煎培根香，屋頂上雨聲淅瀝，地板上的莉亞發出輕柔的打呼聲。我過了好一陣子才想起前一晚發生的事，大概是因為莉亞闖進來害我沒睡多久。

回想起一切之後，我睡眠不足的腦袋無比清晰地浮現兩個事實：

第一，不能讓任何人發現莉亞在這裡。冬青姑媽跟奶奶絕對要瞞住，畢竟她們都討厭莉亞，至於席歐或布蘭迪也不要知道比較好，要對他們解釋莉亞為什麼跑來實在太尷尬了。

第二，我需要洗澡。立刻洗，大概還需要刮個鬍子。我已經好一段時間沒刮，不知怎麼地，只因房裡多了個幾乎稱不上認識的人，刮鬍子竟成了當務之急。

好。

我小心避免吵醒莉亞，下了床，翻出乾淨衣物，離開時帶上房門。樓下隱約傳來冬青姑媽跟奶奶的交談聲，東廂房那邊依然靜悄悄，兩間客房的門都關著，看來布蘭迪跟席歐還在睡。

安全抵達浴室之後，我用手指迅速撫過幾天以來在下巴日漸孳生的鬍碴。其實不只好幾天，我上次刮鬍子少說有一個禮拜了，但長出來的差不多是正常男生一天會長的量。我爸只要大概十秒就能長出滿臉絡腮鬍，他老愛說我最好待在溫暖的地方，以及我這輩子別想當那種大鬍子伐木工人了。

可能是因為不常刮的關係，刮鬍子總讓我心情平靜。刮鬍刀的嗡嗡聲，配上恰到好處的專注，將臉微側到剛好的角度，抬起下巴，確保頭髮不會礙事，暗自提醒自己要剪個頭髮，刮到藏在下巴左側下方的痣要格外小心——

只不過——

我湊到鏡子前細看。那裡沒有痣。我這輩子下巴底下一直有個痣，現在卻——

不

見

了。

我那天才試著要偷莉亞·拉姆齊—沃夫臉上的痣，沒有成功。如今反倒是我的痣消失了。

直到我關上蓮蓬頭，抓起毛巾，我才恍然大悟。

在書店，我想偷莉亞的痣，結果是我自己的痣消失。

在派對，我想偷點莉亞的清醒，結果卻是我僅剩的清醒蕩然無存，害我醉到人生頭一次斷片。

在今年夏天我參與的第一場三位儀式，我想偷莉亞對湖上泛舟的愛，結果忽然再也不想去榆景湖的人並不是莉亞。

是我。

我用最快速度擦乾，穿上衣服，衝回房間。

「莉亞，」我說，甚至不在乎會不會被聽到：「莉亞！」

她的亂髮在地板上那一小團棉被堆中動了動，接著她睜開一隻惺忪的睡眼看著我。

「窩邀再睡。」她說，閉上那隻眼睛。

「莉亞，」我重複一次……然後打住。原因是，儘管我真的非常想知道她為什麼能逃脫我的魔法，而且全部反彈回我身上，但我剎那間明白她沒辦法替我解答。昨晚她得知我擁有跟石楠相同的能力時，臉上的表情十分驚訝，也就是說，就算她做了什麼能把魔法反彈到我身上的事，也不會是她刻意要做的。

想當然，我剛決定什麼都別說，莉亞偏偏坐了起來，揉去眼裡的睡意。「好啦，好啦，我醒了。什麼事？」

「呃，早上了。」我往窗戶一指，窗簾周邊映出微光。「妳是不是該趕快走？免得有人發現妳在這。」

莉亞哀叫一聲，再次揉眼，然後嘆了口氣說：「嗯，大概吧。」

「那就好。冬青姑媽跟奶奶在樓下，我下去引開她們的注意力，讓妳可以出去。」

「大恩人。」莉亞嘟囔，隨後勉力站起，我則走出房間，掩上房門。

咖啡。我需要咖啡，才有辦法讓腦袋真正清醒，好好思考該怎麼處理……莉亞對我的魔法產生的效果。

幸好咖啡已經在煮了，我聞到了香味。因此我小聲關上門，走下樓。既然奶奶起床了，說不定我可以問她莉亞這狀況該怎麼辦。當然不能透露是誰，也許說是遠房親戚之類的，就說她有快克家族的血統，能使用魔法，但血緣又太淡薄，不到足以任意運用的程度。

然而，我走進廚房時，有四顆頭轉過來看我。

「噢。」我看著布蘭迪，再看看席歐，「我不曉得你們醒了。」

「培根。」席歐簡短地說，把一塊培根掃進嘴裡。

布蘭迪卻一聲不吭，只是從上到下打量我，再從下到上打量回來，彷彿沒辦法決定該不該揶揄我。

「幹麼？」我說。

「你……整個人乾乾淨淨的，」布蘭迪說，她自己仍穿著皺巴巴的圓點睡衣。「整整齊齊。」

「所以呢？」沒錯，我是在早餐前沖了個澡；沒錯，我通常不會這樣做。不過她對我露出的笑容有點微妙，彷彿我是總算發現報紙用途的可愛狗狗。

「所以跟平常不一樣嘛。好的那種。來吧，坐。」

我用馬克杯倒了咖啡，在布蘭迪身邊坐下，她靠過來在我唇上輕吻一下，讓我覺得自己沒那麼像隻狗狗了，比較像是有個超正女友的傢伙。挺不賴的。

鍋裡有煎好的蛋，流理臺上放了可以烤的麵包，可是這些比較適合胃裡沒那麼躁動的時候吃。不適合在鬍子刮到一半時，陡然醒悟魔法能反過來對付自己的我。

今天，我只想要放在餐桌中央的那一大盤培根。

我把幾條又長又焦香酥脆的培根塞進嘴裡，冬青姑媽低哼一聲。

「男生都這樣。」布蘭迪說，對她露出感同身受的表情。

但冬青姑媽沒搭理她，只是啜了一小口茶（她不愛喝咖啡），冷淡地望向奶奶。

「怎麼樣？」她說，「去橋那邊？」

「我還沒把蛋吃完呢。」奶奶說：「冷靜點，多跟人相處個幾分鐘死不了的。」

冬青姑媽望向正在喝咖啡的我，仍持續往嘴裡塞培根的席歐，以及對她微笑的布蘭迪。她沒有報以微笑，只用湯匙攪著茶。

「什麼橋？」我問，其實不是真心想知道，單純是想化解尷尬。

「去鎮上會經過一條溪，就是溪上的橋。」奶奶說，冬青姑媽對我翻了個白眼。

「昨晚的暴風雨把一個橋墩弄壞了。像那種老舊木造結構，如果不修好，會沒辦法承受重量，至少不夠安全。冬青跟我要去修橋，免得它徹底垮掉。」

我眨著眼看她們。「**妳們**要去修？我以為那是鎮長的工作。或是……郡長，之類的。」

「是啊，」奶奶說，「我想他們會把橋修得很好，只是等他們來修可能夏天都過了。你姑媽想要馬上修好。」

「妳會做木工？」布蘭迪說，表情一亮，凝視著冬青姑媽。「好酷喔，我一直很想學那類的東西。」

有嗎？才怪。

「不是，我——」奶奶咳嗽一聲，冬青姑媽隨即打住，嘆了口氣。「興趣而已。」

喔，原來如此。估計橋墩只是裂了一條縫隙，冬青姑媽想探進去把裂縫偷走。我想這代表她的力量比較強吧。從有覺知的活物身上探取簡單得多，後遺症也沒那麼嚴重。我探進無生命體的次數很少，大多是為了開鎖，結束後足足五分鐘動不了。原則上，我現在已經不這麼做了。

「好酷喔，」布蘭迪又說了一次，「我可以去看嗎？」

「不行。」冬青姑媽猝然站起，「媽，妳好了沒？我真的很想趕快把這件事處理掉。」

「真是急性子。」奶奶嘀咕，再又起一塊蛋放進口中，便跟著站起身來，沒吃完剩下的早餐。「好吧，妳先去，在外面等我。」

這看來正合冬青姑媽的意，她一言不發轉身大步走出廚房，我聽見她走出屋子時紗門甩上的聲音。

「請多包涵我家冬青的失禮，」奶奶開口，主要是對布蘭迪說。「她還沒走出之前的事。」

布蘭迪的神色變得柔和，「那也是當然的，她失去了唯一的女兒啊。」

奶奶輕捏布蘭迪的肩膀，「妳真貼心。」她說：「白楊，好好看家，我們很快就回來。」

等紗門再次甩上的聲響傳來，布蘭迪才問：「看家？難道她覺得我們會把房子燒了？」

倒不如說，她覺得布蘭迪會溜出去實際瞧瞧冬青姑媽的木工技術，所以要我負責防範。不過就這次來說，我跟奶奶的差別在於，我看得出布蘭迪純粹是出於禮貌假裝有興趣而已。因此我只聳了聳肩，繼續喝我的咖啡。

吃完早餐，席歐搶下優先洗澡權，我說：「布蘭迪，我上樓去打個電話，妳一個人待著沒關係吧？」

正走上樓的席歐聽了從鼻孔一嗤，但布蘭迪只是微微偏頭。「你早上九點是要打給誰？」

早上九點，天，難怪我還是這麼累。我會被培根咖啡香叫醒的時間，通常是十點半以後。

「我爸。他昨天晚上打給我，我沒接到，所以我要打回去。」

這話有一半是真的。我爸昨晚確實有打給我，他每隔幾天就會打一次，確認我過得好不好。我是在前往五朔節神樹的途中接到的，一如既往說了些「對啊一切都很好」的無聊對話，奶奶在旁邊聽，冬青姑媽在旁邊瞪我。

不過此刻，當務之急是收拾莉亞的棉被，免得有誰看到之後問我有的沒的。

「這樣啊，」布蘭迪說：「幫我跟他打個招呼，我去洗碗。」

「喔，留給席歐洗就好了啦。」我說：「他從來不洗。」

「說得也是。」布蘭迪說：「那我去看書好了。」

等她離開，我又倒了杯咖啡，接著上樓。

然而，我推開門時，房內卻不是空的。莉亞還沒走，她坐在地板上，身周包著棉被，有如半融化的繭。一本筆記攤開來放在她腿上，我注視著她翻過一頁，讀著內容，專注得像在準備大考。

我用最快速度關上身後的門，「妳怎麼還在？」

她驚得一彈，抬頭看我，猛地闔上筆記，彷彿被媽媽逮到在看色情網站。我突然心生好奇，瞥了筆記一眼，封面是大理石紋，上面有6**號檔案簿**的手寫字樣。

「對不起，」她說：「我……一時分心。」

我問：「那是什麼？」

「沒什麼。」她咕噥，將筆記本塞回石楠的收納櫃底下。收納櫃底層跟地毯之間有個大約二十公分的空隙，幾乎全被紙類給占據——筆記本、資料夾、零散的紙頁。「我聽到關門的聲音了，他們走了嗎？」

「冬青姑媽跟奶奶走了，但我朋友還在屋裡，所以妳要小聲點。」她起身走向窗邊，這時我的目光飄回收納櫃底下的紙，把咖啡擱在床頭桌上。「那些是石楠的嗎？」

「也是我的。」她順著我的視線看去，「我們以前會……」

可是她隨即嘴角一扭，打住話頭，我忽然明白她快哭出來了。

「欸，妳覺得我們會不會是親戚？」我還沒決定好要不要問，問句便從我口中迸了出去。只要能阻止她哭，怎樣都好。

莉亞嚇了一跳，眨了眨眼，說：「啊？」

我聳肩，假裝那是再尋常不過的問題。「我的意思是，這是我家族的發源地，我想說這個鎮上會不會大家都有親戚關係之類的。」

莉亞笑了，但笑聲有點不快。「你覺得我們每個人看起來都一樣？」

「只是問一下而已。畢竟這個鎮很小，常常聽說小鎮有這種情況。」

「說得沒錯，新人。」她說，單手扠腰，端起姿態。「我想想，我有個哥哥也是我叔叔，然後我總共有十三個姊妹，其中兩個跟同一個人訂婚，因為鎮上的男人數量太少，還有——」

「喔，閉嘴啦。」我笑出來。

「我還會在森林裡的祕密小屋做冰毒，」她繼續說：「畢竟我們女人總要想個辦法賺錢，別人又不肯讓我跟那些漢子一起下礦坑挖煤，因為那不是姑娘家該做的事。」

「好，好，我懂了。」我笑著舉雙手投降，「不是每個小鎮都會近親亂倫。」

她咧嘴一笑，「對。」

我搖搖頭，喝光咖啡。

「不過回到你的問題，」她接著說，表情收斂得正經了些，「你家族基本上從史前時代就住在這裡了，對吧？以你來說，可能真的有很多親戚。你可以問問你姑媽。不過我家是在我八歲的時候從賓州搬來的，我爸媽都在歐洲長大。」

「哦。」血緣假說宣告破滅。

「幹麼要問？」

「沒有為什麼，只是好奇。」

「好奇這種事也太怪了吧。」她瞥了窗戶一眼，「我去看看可憐的腳踏車有沒有撐過昨天晚上。」

不等我回答，她站起來，打開窗戶，向外爬到屋頂上，身體直往外傾，讓我很想伸手將她往回拉。但她應該曉得自己在做什麼，所以我克制住自己。

過了片刻，她爬回屋內，明顯鬆了一大口氣。「看起來沒壞！感謝上蒼。我該走了，也許去看看傑西，確定他真的沒事……」

「喔對，傑西。」我說：「你們在一起多久了？」

「在一起？」她呆呆重複了一遍。「什麼，我跟傑西？」

「對啊，」我說：「畢竟他一通電話就讓你騎腳踏車衝來，連鞋子都沒穿。我以為……」

「我們不是——哈——不是啦，他跟莎蒂從高一交往到現在，他只是我的好朋友而已。他們兩個都是我的好朋友。」

可是她突然不敢正視我的眼睛。接著她說：「欸，你要不要去外面巡一下看有沒有人？」那副樣子顯然是不想多說什麼，不禁令我想到……

嗯，其實是想到**我自己**。以前無論是誰提到布蘭迪跟席歐在談戀愛，我總是馬上轉移話題。那我為什麼老想轉移話題呢？

因為我不希望任何人發現我無可救藥、無法自拔、神魂顛倒地愛著布蘭迪。

她暗戀傑西。有意思。

不過我只說：「是喔。」

就在這時，房門開了，門外站著布蘭迪。

之前

我記得我媽第一次想跟我聊戀愛話題的情景。從小到大，這部分向來由我爸負責，比如在我小時候教我寶寶是從哪裡來的，在我初中時告訴我「尊重女性才是真男人」。然而去年秋季，有天媽走進我房間，站在門口說：「你什麼時候要交女朋友？」

沒有開場白，也沒有先開另一個話題，劈頭就問。

答案自然是**等我鼓起勇氣約布蘭迪．麥考利斯特**，但我當然不能這麼說，至少不能這麼回答我媽。我不想告訴任何人，尤其不想告訴我媽。

於是我把電腦遊戲按了暫停，說：「不知道。怎麼了？」

「好奇嘛。當媽媽的不能好奇一下？」她側身走進房間，坐在床沿。

「理論上是可以，」我說：「不過實務上，根據經驗，不行。」

她對我微微一笑，停頓半晌，把烏黑的頭髮順進耳後。「我剛才跟你夢娜阿姨聊天，講起你爸跟我剛開始交往的那段時間，結果想到一些事。」

我的脖子繃了起來，隨後全身都跟著開始僵。她是來給我性教育的，鐵定是，我暗忖著現在是否還來得及溜去逃生梯。

「想到什麼？」我問，嗓音比平常尖了一些。

「你爸一開始沒告訴我。」媽慢慢地說，顯得有些出神，聲音轉趨細微。「沒跟我說他的……能力。」

「喔，妳說採取。」我大大鬆了口氣。

「對，那個能力。他是等訂了婚才告訴我的。當然，後來我們順利走到現在，但有一段時間……這麼說吧，我不希望有誰遇到一樣的事。所以我在想，你碰到這個狀況打算怎麼處理。」

「媽，我現在連約會對象都沒有，哪會碰到這種狀況。」

「保持現在這個樣子我是會很開心，」她說：「但我的問題還是成立。」

「不知道啦！」我說：「我大概……時候到了就知道了。」

有那麼一瞬間，她眼中閃過一絲失望。她嘆了一聲，站起身來。「好吧，但你要記得我剛剛的話，好嗎？」

「嗯，好。」她對我挑起一邊眉毛，我加上一句：「我一定會記住。」

「那就好。」她說，總算放過了我。

第九章

布蘭迪的額頭擠出困惑的皺紋，打量莉亞皺巴巴的睡衣跟睡亂的頭髮。「呃……你現在應該會告訴我事情不是看起來的那樣，對吧？」

「看起來像我早該走卻沒走嗎？」莉亞立即接口，「因為確實就是那樣。」

喔，拜託欸。

「莉亞，好了啦，不要這麼講話，」我說：「布蘭迪人很好，而且她是我女朋友。」

莉亞對我翻了個白眼，但再度開口時嘲諷意味明顯減少許多。「好吧。對，事情不是看起來的那樣。」

布蘭迪一手扠腰，「妳確定？因為看起來是白楊在房間裡藏了個女生，還騙我是要上來打電話給他爸。」

我一窘。她這個講法聽起來確實很糟。

莉亞轉過來對我搖頭，「你騙你女朋友關於我的事？老兄，怎麼可以。」

「妳早該走了啊！」我反駁。

「就說我分心了嘛！」她回我，接著對布蘭迪說：「對不起，這好尷尬，但我絕對沒跟妳的小奶狗亂搞。」

「她只是借住，」我插話，免得莉亞越描越黑。「**睡地板**，就這樣。昨晚風雨真的太大，我不想讓她自己一個人回去。」

「嗯。」布蘭迪輪流看著我跟她，講話速度因躊躇而放慢，「抱歉，只是……問題不是借住。**不只是**借住。我是說，我只是不曉得她會過來而已。但你為什麼不老實說？」

「他是在幫我掩飾，」我還沒想出好理由，莉亞便說：「這家人不是很歡迎我，石楠的媽媽有點——嗯，不是有點，她超討厭我。妳男友純粹是幫我當成朋友在幫我而已。」

「哦。」布蘭迪勉強笑了下，看來有點假。「我，呃……我不曉得你們現在是朋友了。」

「很意外吧。」莉亞自嘲道。「坦白說，他也不曉得我會來。我有個朋友受傷了，我昨天晚上才知道這件事，所以我就跑過來了，因為這個家族跟鎮上每件怪事——」

「她想找人哭一哭，」我大聲說：「她知道我還沒睡，所以就來了。」

莉亞瞪了我一眼，布蘭迪也是。好吧，我這樣打斷她就像此地無銀三百兩。

「總之呢，我正要走。」莉亞說：「趁石楠的媽媽還沒回來怒飆我一頓，趕快消除我來過的每個痕跡。白楊，你要幫我帶路嗎？」

「好啊。」經過布蘭迪時，我碰碰她，T恤袖子的觸感十分柔軟。「我馬上回來，好嗎？」

我短暫探進去，只有短短一瞬，剛好夠我在布蘭迪的記憶中找到莉亞說了一半的話，以及她心中隨之而來的好奇，想知道我家族究竟跟什麼怪事有關。

「嗯哼。」她說，卻避開我的目光。我明明已經取走那些東西了啊。好吧，看來我得多費點心思找出問題，但首要之務是送走莉亞。

下樓以後，我率先出門，徹底檢查房子周遭。冬青姑媽跟奶奶依然不見人影，於是我通知莉亞一切安全。我們一起走到屋子的側邊，她的腳踏車停在那裡，被屋簷和粗壯的樹幹遮住，昨晚她就是爬這棵樹溜進我房間。她檢查腳踏車是否完好，滿意了之後一腳跨過去，坐上坐墊。

「路上小心，」我說：「之後見了，大概吧。」

莉亞端詳我，「看來你女朋友不曉得囉。」

「嗯？」

「你的魔法、你的家族、懸崖，之類的。她不知道，對不對？所以你才不讓我說，還撒謊騙她？」

「喔。」我揉著脖子說。真希望脖子別再一天到晚變緊繃。「對，她不知道。如果妳能保密，我會很感謝妳的，可以嗎？」

她微微揚起眉，頭一偏：「你不打算跟她說？」

「呃，才不要。」我答道。

「這樣啊。嗯，鐵定沒好結果。」

「喂，不要這樣說，妳又不了解她，跟我也不熟，不要在旁邊指手畫腳的。」

莉亞聳肩，「我不是指手畫腳，只是預測而已。總之，打個電話給我，好嗎？只要你想聊……任何事情都可以。我們的共同朋友什麼的。」

也就是石楠。她想跟我聊石楠。說不定我那句「找人哭一哭」比我以為的更貼切。

「好啊，如果妳想的話。」我說：「妳號碼多少？」

「你已經有了。」

「我有？」

「我今天早上存進你手機的。」她咧嘴一笑，「你可不是這裡唯一的手機小偷，老兄。」

莉亞踢起腳柱，我目送她順著車道騎下去，身後捲起一片沙石。

如她所言，我確認手機聯絡人時，裡面多了個新號碼，而且我剛從這個新號碼收到一則簡訊：

喔喔喔謝囉！你自己也不賴！

我一頭霧水地打開訊息，然後笑出聲。莉亞是在回覆從我號碼傳給她的簡訊：**莉亞，我是白楊。不要告訴我的漂亮金髮女友我有這樣說，但妳有夠正的啦。**

我搖了搖頭，發過去一個中指符號，接著是個笑臉。嗯，我在書店的第一印象沒錯，這女生挺酷的，也很有幽默感。

「你在笑什麼？」布蘭迪的聲音從門口傳來。她臉上帶著微笑，這次不像是裝出來的了，起碼不完全是裝的。

「網路上的白痴東西。」我說，招手要她過來點。她在我身邊的床沿坐下，我一面將手機放到一旁，一面摸索著設為靜音，以防莉亞回傳簡訊。「聽我說，對不起騙了妳莉亞在的事。我真的只是不想讓親戚發現，就這樣。我沒有要劈腿什麼的。」

布蘭迪笑了，「白楊，天哪。我不是以為你劈腿，只是覺得你不說實話很怪。你應該也覺得對這種事撒謊很奇怪吧？」

「嗯，說得對。」我附和。

走廊盡頭傳來淋浴關掉的聲音，是席歐。

「所以是怎麼回事？」布蘭迪問，「上次你們兩個見面時看起來處得不好，你還說她很機車。」

我聳肩，「她有時候很機車，有時候不會。」

「那她是你的友敵囉。」布蘭迪說，逗得我笑起來。「你們認識多久了？」

「喔。這個嘛，她跟石楠以前是好朋友。」是真的。「後來她們大吵了一架，現在石楠的媽媽討厭她。」就我所知是真的，只是細節有待確認。「我在石楠的喪禮上認識她，一直保持聯絡。」假的。「從那之後我們會在各種時間互傳訊息，可能是因為這樣，我才沒覺得她半夜跑來很怪。」徹頭徹尾的假話。

布蘭迪瞇眼看我。「在下那種大雨的時候？」

我聳了聳肩，「莉亞的情感很豐富。我猜有時候那些情緒等不了好天氣。」

「也是。」她再度蹙起眉頭，那種表情顯然是有話想說，卻不曉得該怎麼說，或是不曉得該不該說。絕對不是什麼好事。

我觸碰她的肩膀，假裝是要安撫她，然後再次透過袖子探進她的心智。找到了，就在表層：莉亞站在我房內的鮮明記憶，莉亞在書店帥了一番的記憶，莉亞把我們趕出書店的記憶，對我可能沒和盤托出的疑心……

好，最後那個絕對要處理掉。我將那份疑心剝離，用意念緊扣其邊角，確保它全部在我掌握之中。一鬆手放掉疑心，她立刻向我依偎過來，頭倚著我的肩膀，類似側抱的姿勢。我用手緊緊摟住她，閉上眼，等待探取的後遺症消退。

「做為朋友，你對她真的很好，我覺得這樣很棒。」布蘭迪說：「你真貼心。」

她聽起來是真心的——代表我成功了，用不著再從她身上拿走什麼，至少今天不用。

「嗯，妳也很貼心。」我說，吻了下她的額頭。她接著挺直上身，給了我一個貨真價實的吻，帶舌頭的吻，綿長的吻。

這個吻持續到席歐在我門口冒出來，說：「噁，去開房間啦。」

「有啊，」布蘭迪笑著中斷這個吻之後，我說：「我們就在房間裡。」

席歐翻了個白眼。他已經換了外出的衣服，頭髮仍有點溼。「我本來想問你們要不要去湖邊，不過……」

「要要要，湖湖湖，」布蘭迪說著站起來，「我先去洗澡，十分鐘。」

她衝進走廊，席歐對我搖了搖頭。「十分鐘。哪可能。」

「你好意思講，」我說：「你在裡面待了半小時。還有，你去洗個碗好嗎？換你了。」

「好啦。」他說著走掉，一邊用毛巾擦他還沒乾的頭髮。等他離開，我才再次打開手機。莉亞傳了一則新訊息來：

好，我說真的，為什麼那個輔導員跟我說石楠轉學了？我越想越奇怪。是誰把她死掉的消息壓下來？她媽？為什麼？

這些都是好問題，但我有另一個疑問。不知道石楠過世的人是只有莉亞，還是鎮上的所有人？現在想想，那個叫娜塔莉的女生不也是用現在式說「我認識石楠」？說不定莉亞猜得沒錯，消息確實是故意被壓下來的。

至於為什麼……我毫無頭緒。

我將近兩週沒來湖邊了，打從我跟布蘭迪上床以來就沒來過，沒泛舟的時間更久。既然現在知道我不是真的討厭坐船，只不過是詭異的反彈效果，我明白我非加以反制不可。於是，席歐決定要租腳踏船時，儘管我超想反對，依然忍了下來跟著去划船。

結果慘烈到不行。

有多慘烈呢，慘到就算席歐不停歌頌他的夏日女友可莉有多棒，卻只有布蘭迪會答腔。我整副心思都放在搖搖蕩蕩的船上，想像我們萬一——不是萬一，是鐵定會翻船掉進水裡，到時該怎麼辦？我努力告訴自己，湖裡沒有充斥著鰻魚、有毒化學物質、廢水或別人的嘔吐物。都是白痴反彈害的。

我忍了下來，發誓這輩子再也不去湖邊。不久後，我們安全回到席歐的車上，駛向三峰鎮的餐館，那間安全、乾燥的餐館。

點完餐，我收到兩則莉亞傳來的新訊息。

好吧，我有個成功機會不大的點子。能不能幫我檢查一個地方？在石楠的衣櫃門後面，應該有個牛皮紙信封貼在鏡子背面。能不能看看信封還在不在？裡面有沒有東西？

我對著手機不解地皺起眉頭，可是仍回了好。我壓根不曉得莉亞想找什麼，但看一下也不會少塊肉，就看吧。

「喂，餐桌上不准玩手機，沒禮貌先生。」布蘭迪說：「有朋友來了。」果不其然，我抬頭，只見一位眼熟的女孩朝我們走來。

「我邀了可莉，」席歐說：「希望你們不介意。」

我一點也不介意，這下席歐給了我絕佳的機會，可以弄清楚有多少人知道石楠的事。因此，等大家彼此做了介紹，點了餐，席歐跟可莉來了個稀哩呼嚕的長吻（感覺純粹是為了放閃），我便開口問道：

「對了，可莉，妳在這裡住了多久啊？」

「我從小在這裡長大的。」她說，用餐巾紙輕擦嘴唇。「怎麼了嗎？」

「是喔！」我故作驚訝地說，「只是好奇而已。我從很久以前就常來鎮上找我親戚，但我從沒見過妳，所以我以為妳可能剛搬來不久。」

「喔！你親戚是誰？有我認識的人嗎？」

「快克家，其實我堂姊跟我們年紀差不多，她叫石楠。」

「石楠・快克，」可莉說，一面思索一面皺起額頭，「對，有印象，她應該比我小一年級，大概吧？等等，她現在還在念三峰高中嗎？」

就這樣，我的疑問得到了解答。假如石楠過世是公開消息，在這種超級小鎮上，每個人都會知道她的名字。所以，不曉得真相的人不光只有莉亞。

身邊的布蘭迪臉色有點驚恐，我立刻意識到我這個計畫的缺陷。無論我家人幹了什麼來掩蓋事實，我都不希望這兩位都市朋友發現，起碼要等我搞清楚狀況再說。

於是我挪開目光，做出這個話題讓我超級不自在的樣子，說：「沒，她不在那裡念書了。」一片尷尬的靜默隨之而來，我讓這陣沉默持續好半晌，才清清喉嚨，露出笑容轉移話題。

只是，吃晚餐的整個過程中，我止不住地想著這一切太詭異了。我是說，我家人究竟有什麼理由隱瞞石楠的死？除非……

嗯，除非是哪個親戚殺了她之類的荒唐理由。但絕對不是，怎麼可能嘛。雖然如此，還是有哪裡不對勁，我想知道究竟是怎麼回事。

我狼吞虎嚥地吃完漢堡跟薯條，隨即假裝聽見手機在口袋裡震動，掏出來裝作要接電話，然後點頭，說我馬上過去。

「你姑媽？」假裝掛掉電話之後，布蘭迪問。

「對，又是她。」我答道：「我先走了，晚點家裡見。可莉，很高興認識妳！」

「我也是，白楊。喔！**白楊！**」她臉色一亮，迸出一聲輕笑。「我想起之前在哪聽過你了！」

「什麼？哪裡？」我胃裡一揪。謎團的另一片拼圖即將出現，我有預感，可莉一定是要說關於石楠的事。

但她說出口的是：「派對上那個在我家後院喝掛的就是你！」

布蘭迪掩住嘴巴偷笑，席歐甚至懶得掩飾從鼻孔發出的噴笑聲。我半是窘迫，半是慶幸，說：「對，就是我。」

「老兄，可惜我沒看到。」可莉說：「那之後再見囉！」

「再見。」我回答，走向門口。

我走得很快，平時需要十五分鐘的路程，這次大約十分鐘便回到奶奶家。然而等我抵達時，我發現……什麼也沒有。屋裡的燈沒開，沒人在家。我檢查了冰箱上的白板，看看是否有人留下字條，結果上面是空的。接著我看了看車道，果然，冬青姑媽的車不在，顯然是我回來時沒注意到。沒人能讓我問石楠的死為何被壓下來，換句話說，我拋下朋友白跑了一趟。

好吧，至少可以把時間拿來做莉亞說的那件事。我兩步併作一步跑上樓，打開石楠房間的燈，來到衣櫃前，打開櫃門。那面狹長的小鏡子只能照到我的膝蓋，不是嵌在門上，而是掛在櫃門的頂端，很簡單就能拆下來。如莉亞所說，鏡子背面貼了個磨損的大牛皮紙信封。

大信封之中有個稍小一點的信封，看起來是新的，正面寫著：

僅限夏洛克親閱。

夏洛克。完全搞不懂，但管他的。我在地板上坐下，背靠著門，拆開信封。裡頭有封信，寫在有橫線的紙上，是從筆記本撕下來的，邊緣並不齊整。我輕而易舉地認出字跡，跟床頭桌上的日誌本相同，也跟我在收納櫃抽屜中找到的照片背後所寫的字跡相同，那是石楠的筆跡。

二月三日

親愛的夏洛克：

我覺得我快死了。

很灑狗血，對不對？哈哈。但我其實是認真的。所以我才要寫這封信給你——要是我真的死了，我希望有人知道我發生了什麼事。連我媽跟垂柳都不曉得全部，雖然我猜她們懷疑跟儀式有關（也確實是）。可是我希望有家族以外的人知道，我希望那個人是你。

如果你在讀這封信，我想我應該是死了。你參加了我的喪禮，而且你很難過。

（你可以難過，但不要難過太久，好不好？你總有一天要走出來，過得開開心心的！）然後，你問我媽我是怎麼死的，她的反應很怪，不肯告訴你……於是，你身為世界上最厲害的偵探，決定要親自調查。你首先檢查我們藏東西的三個老地方。你家通風口裡什麼都沒有，學校遊樂場那棵樹上也沒有（因為我站不了太久，沒辦法走到那裡……抱歉）。可是我的鏡子後面有。恭喜，我親愛的偵探！你找到了！

（到目前為止我猜得對嗎？）

我也猜想，你認為我會死是因為我家族的關係，你想怪到他們身上。請不要怪他們。有一小部分是垂柳害的，因為是她從五朔節神樹底下挑東西，可是她又不曉得我打算做什麼，所以不要生她的氣，好嗎？

幾天前，我們做了一場三位儀式。本來一切應該會跟平常一樣，偏偏這次垂柳從樹下挑了你的物品。那是個木頭小玩偶，我探進去之後才發現是你的。我說我不想從你身上偷走東西，最好回去拿別的，但垂柳不肯，她說懸崖想要的「就是這一個能量」，我們沒辦法換。她說，萬一懸崖沒有得到它要的就會垮掉。相信我，懸崖絕對不能垮。我是在我們絕交之後才知道真正的原因，不過……相信我就對了。

所以我聽垂柳的話，探進你的木偶裡面，只是我沒有讓意念去到你身上，而是把路徑從木偶繞回我身上。

我解釋得很差，但我也不確定該怎麼解釋，因為我現在還是不確定原理、為什麼會成功，還有為什麼我媽跟垂柳看不出差別。重點是，在透過木偶偷東西的時候，我想辦法改從我自己身上偷，而不是你，那你就安全了。而且，要是效果真的像我想的一樣，你一輩子都是安全的，再也沒人能從你身上偷走什麼。

看吧？你對我的看法錯了。我不是寄生蟲。尤其不是你的寄生蟲，尤其是在瑞秋的事之後。我不想再讓你經歷這樣的事。

總而言之，我探進去，打算拿走我自己的髮色。（我以為這樣一來我的頭髮會變成無色。這有可能嗎？無色的！我本來覺得會很酷，而且你可能也會覺得很酷，那搞不好你就會再跟我說話了。不過到頭來……）

反正反正反正，我探進去，試著把我的髮色餵給懸崖。可是懸崖沒興趣，它不理我的頭髮，而是拿了另一個更重要的東西。因為它拿走了那件東西，在儀式過了差不多一個小時之後，我突然沒辦法正常呼吸。我不曉得確切的原因——但你要知道，我試著治好自己，結果沒用。也就是說，我曾經探進不認識的人身上，想要偷一副健康的肺給我自己用，我媽也試過，沒用就是沒用。可是探取從來沒失效過。

說不定，被懸崖拿走的東西沒辦法用其他事物替換。我不懂為什麼會這樣，可是我只想到這個解釋。不管怎麼說，這個情況……很不妙，是無敵糟糕、瞎到爆炸、媽啊完蛋了的不妙，不妙到你該回頭再讀一遍這封信開頭那句超級灑狗血但百分之百正確的句子。

但你懂嗎？這就是為什麼我想讓你知道。這樣可能很自私，因為我曉得你現在絕對很有罪惡感，可是不要擔心，不是你害我死掉，這是我說的所以一定是對的。再說我並不怪你，所以你不准怪自己，好嗎？好嗎？

要是我猜得沒錯，你是因為我的喪禮而發現這封信，那我希望在我離開人世之前，我們還有機會再說幾句話。萬一沒有大概也沒關係，但我希望可以。

總之，我只是想讓你知道事實：瑞秋的事我還是非常非常非常對不起，但願我們沒有絕交。我甚至對於拒絕傑西的事也覺得有點抱歉——不過最重要的是，我試著保護你不受懸崖的影響。

希望有成功。

永遠愛你的華生醫生

附註：如果沒成功……恭喜你獲得熱騰騰剛出爐的白頭髮！哈哈哈！

之前

去年暑假，石楠度完假回來的那天，她一聲招呼也不打便拖著行李箱上樓。記得我當時心裡有點不爽，我的意思是，我替她在三位儀式代班了整整三週，結果她連句哈囉都懶得說？理所當然地，我跟在她後面上樓。

她的臥室門開著，只見她已經動手整理行李，不過她拿出來的東西一看就不像普通的旅遊紀念品。

「這些都是什麼啊？」我問，似乎是太突如其來，把石楠驚得一跳。我竊笑，她一手按住胸口，像個攥住珍珠項鍊的老太太。

「變態。」她說，從行李箱捧出一頂帽子，是電影中海盜常戴的三角帽。她迅速檢查一遍，看似滿意，便擱在地板上一個雅致的杯子旁邊。「你進我房間幹麼？」

「我哪有進妳房間，我在走廊，妳看。」我指向地板，那裡有條臥室地毯和走廊地毯之間的分界線，非常顯眼。

石楠翻了個白眼，繼續掏出物品。一個閃亮的隨身酒壺，一整堆首飾，以及……哇賽……

「那是劍嗎？」我說，跨過地毯分界線，跪下來摸劍柄。

「是匕首，你不知道劍比較大喔。」她一把將匕首從我手中搶回去，「出去啦。」

我無視她的驅逐令，視線仍追隨著那把短劍。

「好酷，是在夏威夷買的嗎？」

她聳聳肩，「那裡有個人會做複製品。這是《魔戒》裡面佛羅多用的匕首，叫刺針。」

「書呆子。」

「笨蛋。」

「妳怎麼過機場安檢的啊？」

石楠咧嘴笑開，「跟我把它從店裡帶走的方式一樣。好吧，不完全一樣。在那間店，我拿走老闆借我看這把匕首的記憶；在機場，我則是拿走安檢人員的視力。」

「妳拿走**什麼**？」我目瞪口呆。

要是我做這種事，爸鐵定殺了我。

她笑出聲，「開玩笑的，開玩笑而已。我只是拿走他的知識，讓他忘記尖銳物品不能通過安檢。」

「這……滿過分的。」我讚嘆。

石楠只是聳肩。

「這些也是妳偷的嗎？」我問，指著那堆首飾、杯子跟海盜帽。

「你要怎樣？」她朝我挑起一邊眉毛，「跟我媽告狀？她早就知道了。」

我還沒回答，樓下便傳來冬青姑媽的嗓音：「石楠寶貝，石頭有個裂縫！」

石楠整個人一垮。「媽，拜託，我還在調時差耶！叫白楊去！」

我聽見樓下響起輕笑聲，是我爸。

過去三週以來，石楠跟冬青姑媽忙著浮潛看海豚、從火山山頂跳傘、玩各種大家在夏威夷會玩的各種活動，這段期間是爸跟我一起住在這裡。

接著又是冬青姑媽的聲音：「白楊，親愛的，你回去之前有辦法再做一次三位儀式嗎？」

我看了看錶。

爸說他想在六點前上路，現在已經快五點了。

我沒特別想進行儀式，上次的儀式結束到現在還沒過完二十四小時——但我明白，等我回家，整個人浸在布魯克林八月又悶又溼的空氣裡，到時我會想念這一切。

我會想念待在這個鎮上，做我拿手的事。

「來了！」我大叫。「那明年見了，石楠。」

「至少讓我抱一下再走。」她說：「天哪，你爸媽都沒教你什麼叫禮貌？」
「沒教啊，我就是個野人。」不過我仍靠過去抱了她一下。
「去吧，野人。」她說：「要生大大的火，不要讓石頭掉下來。」
「閉嘴啦。」我回她，石楠笑起來，回頭繼續整理行李。
那是我最後一次見到她。

第十章

樓下，前門打開，隨後關上。有人回來了。天，希望不是布蘭迪。我還沒有多少時間好好消化石楠的信。

「哈囉？」我朝樓梯間的方向喊道。

「嗨，親愛的！」奶奶喊回來。

我鬆了口氣，下樓去找她，臨走前沒忘記將石楠的信塞回原本的藏匿地點。奶奶跟冬青姑媽人在廚房，從塑膠袋中掏出雜貨用品。

「我沒看到席歐的車。」奶奶雙手互搓，像在試著暖手。「你朋友還沒回來？」

「對，我只是有點……」然而我沒把話說完。現在不是編藉口的時候。我在廚房桌邊坐下，說出真正想問的問題：

「石楠到底怎麼死的？」

一片沉默。不知什麼掉到地上，聲音響徹全場。冬青姑媽雙眼圓睜，張口結舌，直瞪著我，活像我害石楠又死了一次。她再瞪，繼續瞪，然後轉身大步走出廚房，幾秒後，她的臥室門大力甩上。

奶奶彎腰拾起冬青姑媽弄掉的東西。是一盒奶油。

「白楊。」她說。

「……對不起？」

「她還在哀悼。」

「看得出來，有夠明顯的。」

「**白楊**。」

我嘆了口氣。「對不起。」我又說了一遍，這次是真心誠意。「但我還是想知道。」

「我們都想。」奶奶說，雙手放在流理臺檯面上。「可是，從你上次問這件事以來，情況還是一樣。我跟你說過，有任何新發現的話會通知你，我是認真的。我們沒有任何進展。」她露出悲傷的微笑，「再說，我們必須處理她那些醫生的記憶，所以可能永遠不會有答案了。」

「她的醫生？」不對，奶奶剛才說的話當中，最讓人迷惑的不是這點。「等等……什麼意思，我問過？」

她雙眉一揚，淡淡的一聲哼笑，動手將食材放進冰箱。「在喪禮之後啊，親愛的白楊。你忘了嗎？」

我沒吭聲。不，我不記得。脖子越來越緊，我一面揉，一面等奶奶說下去。

「你說她的死因太『籠統』，」她用手指比出引號手勢來強調那個詞，「聽起來不像真的。你想知道她會死是不是跟魔法有關，而不是醫學上的原因。當然，我把我知道的事告訴了你：石楠的醫生跟你一樣百思不得其解，始終診斷不出確切的病因，直到她過世。」

我壓根不記得那場對話。完全沒印象。

「醫生的記憶？」我問：「那是什麼意思？」

「我們非把記憶抹掉不可，」奶奶細細端詳我，「你也知道啊。」

「我知道？」我問。

「白楊，親愛的，你還好吧？你看起來……不太舒服。」

我是很不舒服沒錯。我無力地癱坐在椅子上，奶奶的眉頭更加深鎖。

她拋下那些雜貨，走過來，一手撫著我的臉頰。我從皮膚感覺到她的手指在震動，不禁躲開。

「怎麼了？」她一驚，隨即注意到我瞄向她的手，於是搖搖頭。「噢，我的手會打顫。人老了，你明白的。」

是喔，怎樣都好。

我問：「為什麼要抹掉他們的記憶？」

奶奶坐在我對面的椅子上。「白楊，」她小心翼翼地問：「有什麼事不對勁嗎？」

喔，不對勁的事可多了。

「妳說我們在喪禮之後談過這件事，可是我不記得。」

「怎麼會？」她問：「那時你天天打給我，連打了好幾個星期，想要解開這個不可解的難題。你堅信石楠的死是個謎，決心要找到答案。」

石楠的死不是謎，再也不是了，我已經知道那是因為三位儀式出了差錯。如今，真正的謎在於為何只有我知道她的死因，以及為何莉亞跟可莉連她死了都不曉得。

還有另一個更重要的謎，那就是：

「我不記得。」我說：「我怎麼會不記得？」

再度沉默。然後，奶奶慢慢閉上雙眼，雙肩垂落，用手揉著太陽穴。「你爸。」

她只說。

「他怎麼了？」

「這只是我猜的。」她說：「不過，你爸一向不太遵守家規。」

「妳在說什麼？」

她挑起一邊眉毛。過了片刻。

接著我頓時想通她的意思。「妳是說，他偷了我對喪禮的記憶？」

「只是我的猜測。」她重複一次，「但這能解釋很多事情，不是嗎？我今天晚上會打給他，反正我老早就想跟他談談了。」

「不用，我來打。」我說：「他叫我要遵守家規，這個規矩甚至是他教我的，他為什麼要這樣？」

奶奶搖頭，低聲說：「言教重於身教。」

天，我希望是她猜錯了，偏偏我越想越覺得她是對的。我不是會隨便忘記事情的人，尤其是重要的事。

「為什麼要消除醫生的記憶？」我問。

她臉上飛快閃過一連串情緒：疑惑、同情、憤怒。「跟我們不在政府檔案上留下記錄是同樣的理由，白楊，你知道的。」我只是呆看著她，她嘆了口氣。「我們必須取得平衡，一直以來都是這樣。在主動參與社群和低調過日子之間，我們必須維持平衡。」

「我爸也是這樣嗎？」我問：「只是我不知道而已？」

「不不，他不是。」奶奶說：「你爸完全遵守政府的規定，一切都有記錄，一切公開坦蕩，他甚至還**繳稅**。」她說最後這句話時皺起鼻子，像是突然聞到垃圾的腐臭味。「不，只有我們。三峰鎮的快克家一向有多一層保護措施，你可以說是某種程度的隱姓埋名，這都是為了我們的任務。」

「三位儀式嗎？」

「正是。這個儀式必須祕密進行，而且相當危險。假如任何人發現我們所做的事，或發現我們的能力……這個嘛，我只能告訴你，對我們不會有好結果。」

危險的原因不光是如此，石楠的信就是證據。不過，除非奶奶撒謊的技巧比我想像的更高超，否則她看來完全不知道信的存在。

「白楊，甜心，」奶奶說，伸過來握住我的手。這次我有了心理準備，沒被她打顫的手嚇到。「我很難過你遇到這種事。如果我猜得沒錯，那你爸沒有權利像這樣闖進你的心智。」

就是啊。我們只偷外人的記憶，不偷家人的。事情不該是這樣，他簡直大錯特錯。

「雖然你可能不信，但我希望你明白，冬青會遵守規矩，你可以信任她。當然也可以信任我，畢竟我壓根沒辦法探取。」她微笑著補上一句。「別讓一件事毀掉你對家人的信任，好嗎？你在這裡很安全。」

其實我沒想到這點——我沒想到，爸可能不是家族裡唯一打破這條最高原則的人。

「謝謝。」我說，她輕捏我的手。儘管她的發顫感覺很詭異，儘管她年紀這麼大了，我卻突然覺得有人全然理解我，說不定還是人生中第一次。在這麼多人當中，只有奶奶全然理解這一切帶給我的感受，而且我甚至用不著開口。

我上樓，準備好痛罵我爸一頓，走到樓上才發現有未接來電。不是爸打來的。是媽。

她好幾天沒打來了。

我滿腔怒火頓時洩光，雙腿無力，跌坐在床上。她打給我留了語音留言，原本我會理所當然地像平時一樣刪掉，因為她永遠只會重彈那些老調：她愛我，她想我，她希望我能去找她，之類之類的。

可是這次，不知為何，我按下了「播放」。

「白楊，是媽媽。我打來只是想跟你說我愛你。其他我想說的你全都知道，所以我不會再重複一次，不過這個永遠值得說出來，對吧？就算你生我的氣也一樣。我愛你。回電話給我。拜託回電話給我。」

沒錯，總是同一套。只是，我好久沒聽到她的聲音了。早在開始放春假之前，我就一直刪掉她的留言。

忽然之間，我失去了打給爸的力氣。說不定我可以留在三峰鎮，住在死去堂姊的房間，裝作爸媽從不存在。說不定我可以偷走爸關於我的記憶，讓他忘了曾經有我這個小孩，這也是他罪有應得。

我往後一躺，凝視天花板，試著說服自己吞下委屈，起來打給爸，把我想問的都問清楚。再不然打給莉亞，跟她說我找到了石楠的信。

然而，我的意志還沒戰勝懶散的軀體，布蘭迪便在我門口現身。

「嗨。」她說。

「嗨。」我回答，無力地揮揮手。「抱歉剛剛丟下你們先走。」

「沒關係。」她走過來坐在我身邊，還先把門關上，通常這代表好事要發生了。

「你還好嗎？」

「現在好了。」我坦誠地說。

她湊過來，給我一個深長的吻。「那就好。」她說：「我剛才坐在那邊看席歐跟可莉放閃，真的覺得時間很漫長。在熱戀期情侶旁邊當電燈泡的感覺糟透了，你絕對沒辦法想像。」

「這個嘛。」我說。

她呆滯地看了我半晌，然後露出有些不好意思的表情。「喔對。我猜你應該滿能想像的……」

「多多少少吧。」我說：「但有我要的效果嗎？少了我在妳身旁，妳是不是開始思念我了呢？」

「天哪，太思念了，思念得不得了，你想不到有多思念。」

她伸手，從我的腿一點一滴向上爬。她的手很美，肌膚溫軟，十指靈活輕巧。沒錯，我現在需要的正是這個。莉亞跟信可以明天再說，甚至連我爸的事搞不好也可以明天再說。

至於今晚呢？今晚屬於布蘭迪與我。

＊　＊　＊

隔天我一早出門，石楠的信摺起來揣在褲子後面的口袋，吃完早餐找了個藉口離開餐桌。布蘭迪問我要去哪裡，我只說很快回來。

走進書店時，莉亞正在收銀臺後算錢，門上的小鈴鐺輕響，她聞聲抬頭。「白楊，」她說，把一小疊五美金鈔票放進收銀機抽屜。「嗨。」

我沒回話，只是遞出信封。有那麼幾秒，她滿臉疑惑，接著豁然開朗。她用腰側一推收銀機抽屜使其關上，快步走出櫃檯後，劈手奪走我拿著的信封。

「你看過了。」她用手指撫過信封撕開的邊緣，皺起眉頭，「對不對？」

「你也早安。」我說，對她的語氣有點惱怒。畢竟，我找到這封信是幫了她一個忙，不是嗎？

「她是寫給我的，不是給你。」莉亞說：「你不應該看。」

「聽我說，我總要知道發生什麼事——」

「這是我的信，」她說：「你沒有權利先看我的信。」

「這個年輕人在煩妳嗎？」我背後傳來熟悉的嗓音，是書店老闆哈利。他的臉色看來半是打趣，半是認真。

「沒有。」莉亞說，揉揉額頭。「對不起，昨晚沒睡好。可不可以讓我們借用一下裡面的房間？」

哈利往空蕩蕩的書店一個比劃，「萬一顧客多到人踩人，我會大叫的。」

莉亞沒答腔，只點了點頭便走向書店深處。然後我才意識到她說的是「我們」，於是跟在她後頭。

她領著我穿過一九七零年代風格的串珠簾幕，走進滿是灰塵的走廊，那裡林立著高聳的金屬書架，上頭塞滿數量超乎我想像的書。最後我們來到一間小辦公室，小得只能放進一張有滾輪的椅子、一張桌子，以及又一座窄書架。桌上蜷縮著一隻橘貓，頭枕在看起來髒髒舊舊的電腦鍵盤上，朝我眨了幾下眼睛，隨即回頭繼續睡牠的覺。

「牠叫契訶夫，」莉亞說，憐愛地摸過牠的背脊。「是全宇宙最懶的貓。」

「嗨，契訶夫。」我說，在牠頭上短暫搔抓幾下，牠似乎壓根沒注意到。

莉亞坐進唯一的那張椅子，抿緊嘴脣，開始閱讀。牆上的鐘滴答作響，貓邊睡邊輕打呼嚕，我倚著門框，注視莉亞。

「寄生蟲。」過了片刻她低喃，隨即再度沉默。我分不出她是不是有意念出口的。

她翻過信紙。

又過片刻，她喃喃念道：「超級灑狗血，但百分之百正確。」她眨眼的速度變快了，我躊躇著是否該離開。

最終她有些哽咽地笑出聲，摸了摸頭髮，抬頭看我。她似乎想要什麼東西，是衛生紙？一句寓意深遠的話，可以神奇地讓她對這一切不那麼難過？一個擁抱？

我逼自己開口，結果說出來的是：「所以……嗯。就是這封信。」

她小心地將信第一頁朝上放在桌面上，用手撫平，說：「所以是真的。她真的死了，是因為我死的。」

「不是，妳懂嗎？她要寫的就是這個，」我指著她壓在手底下的紙說，「她叫妳不要自責。」

「喔，好棒，」莉亞不帶情緒地說：「砰，我的罪惡感不見了，好神奇。」

「我只是要說，那不是因為妳，是因為**她為妳**做的事。」

「對，你講的話好有效，你好適合去當專業諮商師。」

我雙手一揮，「媽啊。好，算了。」

莉亞搖搖頭，「對不起。對不起，只是……稍微體諒我一點，好嗎？這些事情一下子很難消化。」

「我懂這種感覺。」我喃喃地說，想起昨晚跟奶奶關於我爸的對話。

「嗯？」

「沒什麼。」我直起身，注視她以食指劃過信上第一行字。「對了，我想問妳……」

她吞了下口水。「問我什麼？」

「她說覺得很對不起的事。一件是關於傑西的，另一件是關於一個叫瑞秋的人。瑞秋是誰？」

「我姊。」

「哦，她怎麼了？」

她散開十指，手掌壓在信上，遲疑片刻。「我……現在我不敢確定了。之前我以為她是騙我的，我說石楠。我是真心這麼以為。可是她這樣講懸崖……我的天……之前我不肯相信她……」

我離開倚著的門框，雙手按在桌上，傾身向前，試著對上她的目光。「瑞秋出了什麼事？」我又問一遍，語氣輕柔而堅定。

「瑞秋沒辦法講話，」她說：「已經五年了。」

「她突然沒聲音了？」

「她的聲音不是突然沒了，笨蛋，」莉亞厲聲說：「是你們偷走的。」

噢。

我緩緩挺直上半身。無數細節如今都說得通了，串起一個結論：

「所以妳才會跟石楠絕交。」

莉亞點頭。「應該說，這是導火線之一。大概五年前，瑞秋有天醒來就說不出話了，我問石楠知不知道原因，石楠說她不是故意要偷走瑞秋的聲音——她本來要偷瑞秋對貴族學院風穿搭的喜好，她知道那會讓我很高興。我的確會高興，因為瑞秋老是穿得超像在當議員，到現在還是，不過……不過那不是重點。重點是，石楠說她不是故意害瑞秋的聲音被偷的。事情一發生，她就這麼告訴我了，但我不相信她。」她一頓，「我應該要相信她的，可是我不信。」

瑞秋的聲音。我家族把一件事物獻給懸崖，懸崖卻取走了另一個更重要的東西，這就是結果。石楠不是頭一個有這種遭遇的受害者，以前就發生過了。

「後來她老是纏著我說要繼續做朋友。她纏了我**好幾年**，我一直沒理她，再然後……」

「再然後？」

莉亞用力一嚥口水。「再然後，我改變了心意。我想跟她交換條件。剛開始我只是說，就是，如果石楠能偷別人的聲音給瑞秋，我們就和好。她說不行。再來我說，如果她能讓傑西愛——」她打住，瞪大了眼。

但她已經說得夠多了。「愛上妳？」我替她說完。

她點頭，雙頰泛紅，眼睛緊盯著動也不動的契訶夫。「她也說不行。」

「這個嘛，嚴格來說我們做不到。我是說，聲音的事也許可以，可是瑞秋就得用別人的聲音講話了。至於愛上妳的事就……」

「她明明可以想個辦法，」莉亞用不容挑戰的語氣說，「可是她不肯。她連試試看也不想——試一下對我來說就夠了，你懂嗎？所以我一直不理她。整整五年都不理她。」

「嗯，這樣——」

「等等，不好意思，我剛才說『不理她』？」她瞇細了眼，站起身來，嗓音凌厲，雙手握拳。「我不是單純不理她而已，我想騙誰。我那時真的……真的很**過分**，而且……而且到底有哪個白痴大混蛋會為了一個**欺負**她整整**五年**的人而死啊？」

「她其實也不想，」我說，豎起雙手，彷彿這麼做就能阻止她大喊似的。「她是想要——」

「**我知道她想幹麼，白楊！我看得懂！**」

然後，莉亞毫無預警地哭了出來。泣不成聲，雙手掩面，肩膀打顫。

快逃快逃快逃，我腦海深處有個小聲音說。**趁現在還來得及，趕快逃**。我怕死正在哭的人了。

我忽視那個聲音，忽視那隻橘貓此時投來的狠瞪，悄聲繞過桌子，向莉亞伸出手。碰到她肩膀時，她震了一下，但我沒把手挪開，只是對她微微一笑，讓她自己決定接下來要怎麼做。

心跳過了一拍，兩拍。隨後莉亞整個人靠過來，臉頰貼著我的肩膀，眼淚溼透我上衣薄薄的布料。「我甚至沒機會跟她說對不起，」她低聲哽咽，我緊摟著她。「有好多次……我在學校或鎮上……看到她……她看起來好孤單……但……但我就是沒有……」

「沒關係。」我說，畢竟在這種場合就是要這麼說，對吧？「沒關係。沒關係。」

「明明就有。」她說，拉開距離，淚水盈眶的深色眼眸凝視著我。

我還沒想出該怎麼回答，莉亞便吻了上來。

莉亞

在

親我。

接著，我親了回去。脣瓣貼著脣瓣，胸口貼著胸口，她的手伸入我頭髮，我的手摟住她的背，指尖按進她肩上的肌肉，火花在我腦中激盪，每分每秒愈發燦亮。

吻莉亞照理來說是不可能的事。我原本是這麼以為的，因為她不是我的菜，個性又有點衝，何況她似乎根本不怎麼喜歡我。縱使她有種詭異的魅力，我仍認定吻莉亞是不可能的，畢竟我最近已經有夠多煩心的事了。再說我有女朋友了耶，老天，我在跟夢中情人交往，所以我當然不可能吻莉亞。

然而現在，吻莉亞突然化為可能。

率先抽離的是她，我心臟狂跳，嘴裡忘了怎麼說話，手上不知該擺哪裡。她感覺挺冷靜的，儘管若有所思地彷彿有些困擾，但挺冷靜。

我也得冷靜下來，至少要冷靜到讓腦袋告訴身體這麼做非常糟糕，不可以親別的女孩，我愛布蘭迪，一直愛著她，也會永遠愛著她。

契訶夫很平靜。我用手撫著牠的毛，無名指若無其事地觸到項圈，用意念探進去，在表層找到牠平靜的慵懶。

我取下一些些，吸收進體內，手垂回身側。

「所以，」莉亞說，看著我沉吟，「嗯。」

我壓下想用手摩娑嘴角鬍鬚的強烈衝動。就是因為這樣，我才很少從動物身上探取。由於探取的後遺症，之後總有那麼幾秒鐘我會暈頭轉向，以為自己全身上下都是毛。

「嗯。」我強迫自己開口，「呃。」我再次低頭看契訶夫，然後重新抬頭望向莉亞。「妳知道我有女朋友吧？」

「喔，對。對不起。」她長嘆一口氣，疲憊地揉著額頭。「我不是故意要偷襲你。」

「沒關係，」我說，「只是有點……怎麼說……我只是沒想到妳會這樣做。」她搖搖頭，兩根手指散漫地抹過下脣。「坦白說，我也沒想到我會這樣做。對不起。我不是對你有意思。」

胸口莫名一緊。「沒關係。」我說，雖然其實有關係。停下來仔細想想，其實有很大的關係，但我繼續說：「我們可以假裝這件事沒發生過，對吧？」

「不可以，」她說，無力地笑了一下，「我可沒這麼會欺騙自己。」

「噢。」我說。到底還能說什麼？「至少不要告訴布蘭迪。」

莉亞瞇起眼來。「對喔，布蘭迪。她認識的你到底**有哪裡**是真的？」

「什麼意——」

「她不曉得你那個詭異的魔法。你打算騙她說沒親過我。」

「是妳親我的。」我提醒她。

「呃，對，但你馬上就親回來了。」她說：「還有呢？你每件事都會騙她嗎？」

不對，不是每件事。可是要隱瞞探取的能力會牽涉到很多層面，想想我從布蘭迪身上偷過這麼多次就知道了。

「我愛她，」我說：「這點我不會撒謊。」

她點點頭。「我也愛著另一個人，」她又一次湊近我。太近了。「那是我唯一會撒謊的事。」

對，傑西。她嘴裡宣稱他倆只是朋友，直到幾分鐘前才招認實情。

她的視線再度飄回那封信，信紙躺在桌上，袒露著祕密。她的手先是觸碰我的袖子，再來慢慢往上爬，擱在我的肩膀。她的臉龐離我好近，眼眸漆黑，嘴唇豐滿漂亮，嘴角左上方有顆小痣，就是我偷失敗的那顆。

「莉亞？」我說，喉嚨忽然一乾。「我說了，我有女朋友。」

「你看我在不在乎。」她說。

她再次吻上我。我再次吻回去。這回，我們沒有停止。

之前

布蘭迪的爸爸住在布魯克林，媽媽住在華盛頓高地。多數時間她跟爸爸一起住，每隔一週的週末則會跟她媽媽一起度過——至少，她爸是這麼以為的。實際上，她大概每隔兩個月才會去媽媽那邊住一個週末（我到現在依舊不確定她怎麼辦到的），其他本來該去找媽媽的週末則改去住席歐家。在與席歐共度的週末，她可以整夜在外頭流連，用不著擔心她爸或她媽到處找她。

布蘭迪最喜歡這樣的週末。這些日子毫無例外地以布蘭迪跟席歐相伴回家告終，八成是做些我不願細想的事（席歐家是間超大的褐石老公寓，就算他女朋友可說是已經定居在那裡，他爸媽大概也根本沒注意到）；儘管如此，我也最喜歡這些週末。

某個週六夜晚，席歐、布蘭迪、布蘭迪的朋友蘿倫加我跑了兩間夜店，以及一間市中心的爛酒吧，那裡從不檢查證件。再來，我們跑去吃披薩。每個出去玩的夜晚，我們都以吃披薩做結。

後來蘿倫回家，席歐去廁所，暫時獨留我、一大塊辣香腸派的殘骸，以及我的夢中情人相伴。她的眼妝徹底花了，金色馬尾也歪了不少，整個人看起來十分開心，十分美麗。

「你臉上有亮粉。」她說，兩根手指輕點左臉頰。

我碰了碰自己臉上的對應位置，指尖果然沾上了亮粉。我聳肩，「妳也有啊。」

布蘭迪微笑。「對，但我是故意的。你是做了什麼？跟小蘿臉貼臉嗎？」

我皺起眉頭。不是因為她說的話，而是因為她說話的語氣，滿懷希望的，似乎在暗示著什麼。

「你們兩個在一起的話，」她繼續說：「感覺會很可愛。好棒。」

「呃，才不會呢。」我說。我意識到我說話的口氣比想像的要差，於是補上一句：「反正她也不喜歡我。」

布蘭迪笑出聲來，往後靠向人造皮革製的椅背。「哈囉，你瞎了？她很喜歡你好嗎，已經好幾個月了。不然你以為我幹麼一直邀她來？」

這個嘛，我以為原因是她倆很要好，好朋友就是會這樣，互相邀來邀去的。偶爾我也會想，可能是為了避免我有當電燈泡的感覺。我沒料到是因為這個。

「喔。」我傻愣愣地說。

「對。」布蘭迪說，「我實在懶得繼續等你自己注意到，而且我是超棒的助攻，所以我要給你一個建議：快約她。」

我記得我本想說「可是我對她沒感覺」或「我覺得我們不是很合」之類的，找個體面、籠統、不會讓我變成壞人的說詞。

結果我說出來的卻是：「但我喜歡的是妳，不是她。」可能是因為當時是清晨五點，實在太晚了，讓我毫不修飾坦白一切。

布蘭迪張大了嘴。

「呃，當我沒說。已經晚了，我有點累。」我用手揉揉眼睛，估計把亮粉弄得滿臉都是。

她沉默片刻。接著她開口，低聲說：「你知道嗎，我以前有想過。想過我們兩個要不要在一起。」

「妳……等等，真的？」

她點頭，「我想過要約你出去。」

我胃裡揪成一團。「那妳怎麼沒有？」

「**你**怎麼沒有？」她說。

因為我不想被她拒絕。那是我最真心的答案，不過這麼說可能會讓她覺得我是沒種的膽小鬼，於是我只說：「不曉得。」

「我也是。」她說，「然後席歐就……先約我了。我想說試試看也不錯，而且……嗯，他人挺好的。」

「我更好。」我說。

「哈。」布蘭迪撥弄著汽水杯裡的吸管，視線有些飄忽。「這樣吧，要是我跟席歐分開，我會打電話給你。如何？」

「妳不管怎麼樣都可以打電話給我。」我記得那個當下，連我也不確定我這話是不是開玩笑。

然而布蘭迪的臉色無比認真。「白楊，我不是會劈腿的人。我也不會為了你跟他分手。明白了嗎？」

這時席歐從廁所回來了，吃起第三片披薩。我注視布蘭迪將手放在他背上，用這個小動作默默傳達他們是一對。她對上我的目光，我點點頭。

嗯，我明白。

第十一章

我跟莉亞終究是停止了，不過在停止之前我們深吻許久，直到聽見清晰的腳步聲傳來，離我們站的地方近得危險。分開以後，莉亞以公事公辦的詭異方式拍拍我的肩膀，抽走桌上那封石楠的信，快步奔出房間。

等我恢復鎮定，跟在她後頭回到書店，莉亞正從收銀臺下方挖出她的皮包，哈利在旁邊一面徘徊，一面看著她。

「妳確定妳沒事？」他說著，「是傑西又怎麼了嗎？他還打算**這輩子**要回來上班嗎？」

莉亞搖頭，「他還沒想好。不過這跟傑西無關，我只是需要……只是有點事要處理而已。」她直起上身，正視著我，頭往店門口一點。

我像隻乖巧的小狗尾隨她走出書店，感覺得到哈利的視線黏在我身上，說不定正猜測著什麼。說不定他猜得沒錯。

「我們要去哪？」我問莉亞，隨即注意到她是往什麼方向走——離開鎮上的商業區，朝著住宅區過去。「不是要去妳家吧？」

她翻了個白眼，「是傑西家，不是我家。」她繼續向前走。

「喂喂，」我說，後退一步，舉起雙手。「要是妳打算跟他說妳親了我，隨妳的便，但我一點也不想參與這個對話。」

「我的媽啊。」她嘀咕，兩指捏住鼻梁。「這跟我們接吻沒有關係。我要的是**你**去告訴傑西他為什麼突然看不見。記得吧？是你偷了他的視力啊？」

「但那不是我啊！我已經發過誓——」

「我知道，」她不耐煩地說：「你不是看過石楠的信了？她說她把某個東西獻給了懸崖，就是她的髮色。然後她說懸崖**沒興趣**。懸崖不理她獻出去的東西，反而把更重要的東西拿走。你說你從傑西身上偷走的是什麼？好勝心嗎？」

我咬住嘴脣。第一次讀石楠的信時，我也注意到這兩件事很相似。原本盼著莉亞不會發現，可是顯然沒這種好事。

「結果懸崖拿了更重要的東西。」我認命地說，「這又不代表是我害的。」

莉亞怒瞪著我。「你還是要跟我來，不能讓傑西一輩子不曉得他的視力是被偷走的。」

隨後她轉身走開，我小跑步追上去。「莉亞，拜託。莉亞！」我說，她沒回頭，於是我抓住她的手臂。「我才不會告訴他，妳也是。妳以前跟石楠是朋友，對吧？那妳應該知道守住這個祕密多重要。我總不能到處跟別人說——」

「為什麼不行？」她說，平靜得讓人火大。

「因為……**沒有為什麼**。這種事不能到處亂傳。」

莉亞只是盯著我看。

「再說，」我補充：「告訴他又幫不了他。妳也曉得我沒辦法把他治好，一旦有什麼被偷，就沒辦法復原了。」

「除非你把別人的視力偷來給傑西用。」莉亞說：「石楠說過有這個可能。你知道的，雖然她後來拒絕幫瑞秋。」

「妳自己也讀了那封信，」我說：「假如是懸崖拿走的，就沒辦法鑽這個漏洞。石楠試過，她媽媽也試過，傑西的視力不會有任何差別。」

「起碼你可以試試看啊。」但她嘆息一聲，整個人洩了氣，似乎心裡明白已經無力回天。

所以我沒接話。

「對了，白楊。」莉亞默然半晌後說，「假如你們不再偷東西給懸崖，會怎麼樣？」

我聳肩，「懸崖會塌，引發超大山崩輾平整個鎮。落石掉下，全員死亡。」

她蹙起眉來，「石楠以前也是這麼說，但完全沒道理。懸崖沒有這麼大，又離鎮上夠遠……我的意思是，這是地質學問題，對不對？就算發生山崩也不會波及這個鎮，八成連你家的房子都不會壓到。」

「那是我奶奶的房子。」我說：「我本來也這麼以為，但我後來又想，這可是魔法耶。懸崖有魔法，它愛怎樣就怎樣，我猜啦。」

莉亞咬著嘴脣，抽出她放在皮包中的石楠那封信，展開來，指著第一頁最下方的一段。

相信我，懸崖絕對不能垮。我是在我們絕交之後才知道真正的原因，不過……相信我就對了。

「真正的原因。」她說：「他們告訴你的理由，就是石楠小時候聽說的理由，可是她後來發現那不是真的。」

雖然天氣根本不冷，我卻感到一絲涼意。假如懸崖不會崩塌，不會掩埋整座三峰鎮，那真正的後果是什麼？

我不知道。

然而，我未必從來不知道。萬一有人告訴過我，後來我的知識又被偷了呢？不知為何，這種可能似乎更糟。

我得打給爸。

這個念頭浮現的瞬間，我的手機隨之響起，我一驚之下足足彈起兩公尺高。可是打來的人不是爸，是布蘭迪。

我在螢幕上一滑，接起電話。「嗨，美眉。」

身邊的莉亞刻意翻了個白眼給我看，我不理她。

「嘿，你在哪？」布蘭迪說：「沒什麼急事，不過席歐想趕快去湖邊，人家的可莉會在那裡跟我們碰面。」

想到湖，我的脖子就一緊。還有船、混濁的水、雙腳沒踩在堅實地面上的不自在感……

該死的反彈效應。

「我不確定……」我開口……隨即瞥向莉亞。想要解答的莉亞，想要我治好她朋友的莉亞——剛親過我的莉亞（老天啊）。

「白楊？」布蘭迪說。

「喔對，好！」我說，裝出十萬火急的語氣，「我馬上去！」

「你女朋友？」掛掉電話時，莉亞問。

「對，我該走了，抱歉。」

「可是這整件事——」

「我該走了！」我重複一次，在人行道上倒退著走，「拜囉！」

然後我轉身就跑。

繞過轉角，確定離開莉亞的視線範圍後，我才放慢腳步。我回頭張望幾次，確定她沒跟在後頭。畢竟這件事關係到的是我家人，這件案子該由我來破，不是她。無論她從前跟石楠多麼要好，無論她姊姊出了什麼事，這從頭到尾都不是她該插手的問題。

然而，這確實是個問題。

獻給懸崖的事物，懸崖取走的事物，兩者之間有什麼關聯？一定有關聯才對，可是……髮色跟健康的肺？好勝心跟視力？實在很像隨機挑的。

也說不定根本毫無關聯，說不定懸崖純粹是愛拿什麼就拿什麼。不消說，這念頭光想就很嚇人。

我加快步伐。越早回到奶奶家，布蘭迪就能越早替我轉移注意力。

「親愛的，我回來了！」我喊道，一面踢掉鞋子，一面關上身後的門。

客廳傳出笑聲，緊跟在後的是布蘭迪的嗓音：「在這！」

我拐過轉角，果然見到了他們：沙發一端坐著席歐，另一端是布蘭迪。然而她面向席歐，雙腿橫過沙發，將雙腳擱在他腿上，他正按摩著其中一隻腳。

「嗨，」我說，輪流看著他倆，「呃。」

「怎麼了嗎？」布蘭迪說。席歐的拇指壓進她足弓下的腳底板，我出神地凝視著。我從沒觸碰過她那裡，從沒想過要碰。「你的臉色不太好。」

「嗯，我是說，對。我是說，沒有啦，我沒事。」

布蘭迪露齒一笑，「如果是你的腳不舒服，席歐等一下可以幫你按。」

「他做夢。」席歐連頭也不抬地說，布蘭迪笑出來。

我脖子發疼，胃裡翻攪。為什麼老是發生這種事？我那麼小心地確保他們對彼此的情感僅限於友誼，真的很小心。偏偏即便我拔除每一顆戀慕的種子，同樣的情節三番兩次上演，如今他們坐在這裡，布蘭迪把腳放在席歐腿上。

「所以你去哪了？」布蘭迪問。

「不重要的地方。」我答道，走上前站到她身後，雙手輕輕按摩她的肩膀。

「酷。」她說著仰起頭，「蜘蛛人接吻？」

我俯下頭，她則向上湊過來。用上下顛倒的姿勢親吻滿奇怪的，沒過多久她便靠著我的嘴唇格格笑，於是我拉開距離，回去按摩她的肩膀。

「你知道嗎，今天真的太完美了，」她說：「一次按摩兩個地方，而且還是我最喜歡的兩個男生幫我按……」

好，真是夠了。我小心避免在臉上流露惱怒之情，用意念再度探進她的衣服布料，迅速一拉，剝除她從腳部按摩感受到的愉悅。

「痛！」她叫道，把左腳從席歐掌中抽離。

「對不起，」席歐臉色一驚，「太用力了嗎？」

「對。」她說，重新坐直。在她起身的過程中，我的手從她肩上滑脫，不過至少讓席歐該死的按摩結束了，這只是很小的代價。「就是……不曉得，一下子有點受不了。話說我們是不是該出發了？你說你想去找可莉。」

席歐嘴角勾起一抹淺笑。「嗯，該過去了。白楊，你要不要換衣服什麼的？」

湖邊。泛舟。我差點把這些拋到了腦後。

「喔，現在你臉色真的不好。」布蘭迪站起來，一手撫上我的臉頰，她的手好溫暖。她看起來好擔心。「不然你今天留在家，休息一下。記得多喝點水。」

然後放她跟席歐獨處？要我說，席歐沒準會在湖中央跟可莉**以及**布蘭迪大搞三P。「不用，只要給我一點時間——」

「嘿，老兄，就留在這吧。」席歐也站起身來，面露關切。他的表情毫無一絲算計，不像是為了與布蘭迪重修舊好而打算甩掉我，只是單純的擔心。「現在是暑假，夏天感冒會很不舒服。你就休息一下，吃點感冒藥之類的，我們晚點再回來找你。」

我應該能信任席歐吧？更重要的是，我能信任布蘭迪，她不是那種產生超友誼的情感就劈腿的人。

不像你，腦中有個刻薄的聲音說。我暗自叫它閉嘴。

我嘴上則說：「好啊，這樣大概比較好。幫我跟可莉打聲招呼。」

「沒問題。」席歐說。隨後他們就出了門。

先前我進屋時沒聽見奶奶跟冬青姑媽的聲音，為了確定，我仍四處看了看。屋裡沒人。不能再拖下去了，我得打給爸才行。

只響到第二聲，他便接起電話。

「白楊！」他語氣熱絡地說，「我正在想你什麼時候會打來！上州怎麼樣？」

「不錯啊。」我說。

「冬青呢？」

「還是……很難過。」如果要形容得更貼切，是酗酒、對人態度很差又憂鬱，但他用不著知道這麼多。再說，這些只會轉移焦點，我真正想談的是另一件事。

「爸？」

「怎麼了？」

我在沙發上坐下，是席歐剛剛坐的位置。我用空著的那隻手撐在坐墊上。「你偷過我的記憶嗎？」

又一陣沉默，這次比較久。接著，爸小心地說：「你怎麼覺得我會做這樣的事？我們的家規——」

「回答我的問題就是了。你有沒有偷過我的記憶？」

爸發出吞口水的聲音。「只有在我覺得必要的時候。那是為了你好。」

「在石楠的喪禮過後，對不對？」我說：「奶奶說我那時覺得她的死因很可疑，想要搞清楚究竟發生是怎麼回事。我完全不記得這些。還有媽！」我說，腦海驟然浮現一段鮮明的回憶，是她離開後不久打給我的電話。「媽說我哭了，我不記得自己哭過。爸，**搞什麼**？」

「我只是讓你沒那麼難過。」爸說，語調無比溫柔，令我寒毛直豎。「你一向不擅長面對悲傷。不，這麼說還算是委婉的了。連你的諮商師都說，你這個年紀的男孩通常會更快消化情緒，建議我們找更有效的方式——」

「我的**諮商師**？」我的手在發抖，手機跟著晃動。「我什麼時候有諮商師了？」

爸沒說話。

「那懸崖呢？」

「什麼意思？」

「懸崖垮掉的後果，我是說真正的後果，不是山崩會弭平三峰鎮之類的屁話。我本來知道嗎？是你讓我忘掉的嗎？」

「你以前會因為這件事做惡夢，」爸說，聽起來有些不知所措，「我想不出別的辦法能讓你不要做惡夢。」

「惡夢。少來了，做惡夢哪有什麼嚴重的。」

「對八歲的你來說已經很嚴重了。我跟冬青講過你還太小，不需要知道那麼多細節，但她還是不管三七二十一告訴了你。」

「告訴我什麼？」

「白楊……不是三峰鎮。」爸說。

我對著幽暗的客廳皺起眉來。「什麼不是？」

「懸崖。如果懸崖塌了，會被壓垮的不是三峰鎮。是我們。」

我搖頭，「什麼意思？我們是說誰？」

「我們家族。」他說，「垂柳的所有後代子孫。如果讓懸崖死掉，懸崖會拉我們陪葬。」

「垂柳的所有……等等，所以是只有你、我跟冬青姑媽？」

「還有每個跟我們有血緣關係的人，」爸說：「白楊，你姑媽把真相告訴你的時候，你整個人嚇壞了。你從小一直以為只要離三峰鎮遠遠的就不會有事，結果冬青跟你說了真相——我要強調，我是反對她說的——後來你連連做惡夢，幾乎沒睡，在學校開始不聽話，你的老師——」

「等等，等一下，」我說，用力閉緊雙眼。「你偷走我的記憶，就因為一些白痴老師應付不了我？還有什麼白痴諮商師說的話？」

「她說像你這個年紀的男生——」

「喔，我這個年紀，太棒了，所以我的年紀大到不能難過了嗎？是不是？」

「**傑瑞米**。」他嚴正地說，我立刻閉上嘴。「那不是重點。你的個性一向都是這樣，我媽——你奶奶過世的時候也是。那時你六歲，誰都安慰不了你，你滿腦子都想著她的死，老是哭個不停，影響到——」

「等等。等等。」我身周的空氣似乎更冷了。「你剛剛說我奶奶？」

「是啊……？」

「她在我六歲時過世了。」

「嗯……對啊。你不記得了嗎？我們那時去了三峰鎮，把她的骨灰撒在五朔節草原旁邊的森林，就像石楠那樣。」

這一定是我的幻覺，搞不好是我在做夢，一定是，這是唯一合理的解釋。保險起見，我捏了自己一把。不是夢。

「你是在說你的媽媽？冬青姑媽的媽媽？我**奶奶**，不是外婆？」當然不是，外婆在我出生的四年前就去世了。

「當然啊。」

「那垂柳到底是哪位？」

「……什麼？」

「她……不是我奶奶。」

「白楊，不是，她當然不是。你奶奶叫常春藤，你知道的。」

常春藤。天旋地轉。也說不定是我在轉，或我的腦袋在轉，天曉得。我又一次閉上眼。不，我不知道。**常春藤**。

「好，」我說：「那誰告訴你最好讓我把我奶奶給忘得一乾二淨？另一個諮商師嗎？」

「什麼？你在說什麼？白楊……」

「你為什麼要偷走我對她的記憶？」

「我沒有！」爸大叫，然後幾乎是瞬間冷靜下來。「我沒有。我不曉得你怎麼會忘了她，你很愛她。」

我不是忘記。忘記了某件事的話，你可以重新想起來，也許是一個名字、某個事件，會喚醒你埋藏在深處的記憶。可是，「常春藤」這個名字對我來說沒有意義。不，不能這麼說。我確實聽過這個名字，而且是最近才聽說。是在莉亞打工的那間書店，那個人告訴我的。他提到常春藤跟百合，隨即又說他從不認識叫垂柳的人。我本來想問奶奶，卻忘了這回事。

「兒子，你還在嗎？」爸說：「我真的不知道出了什麼事，但我們會搞清楚，好嗎？我會跟你姑媽談談——」

我掛上電話。

之前

「你偷了，對不對。」

一如往常，聽見「偷」這個字，九歲的我便豎起耳朵。出自一般人之口，要說的事大概超級無聊；可出自媽媽之口，那麼各種可能都有。

我偷溜下床，輕輕推開門，順著走廊躡手躡腳走向亮著的客廳，我爸媽待在那裡，還沒睡。我藏身在轉角後，躲在他們剛好不會看見的位置。爸在說話，但聲音太輕，我聽不見。

接著又是我媽開口：「安迪，你不能老是幫他做這種事。」

（讓我解釋一下，我爸原本不叫安迪，他在十八歲時辦了改名手續。怪不了他，誰想一輩子背著「蒲公英」這種名字？後來也是他決定要替我取個普通名字，再用中間名的方式沿襲快克家族的傳統。）

「我只是想化解危機。」爸答道，音量小到我只勉強聽得見。「那隻狗**真的很大**

隻。」

「牠是很大，」媽說：「但那不是重點。」

「不對，那就是重點！」爸說，「那隻狗體型那麼大，還往他撲過去。我敢說那隻狗有狼的血統。」

我不曉得爸媽為什麼吵架，不過我記得那隻狗。在跟爸媽從超市回家的路上，我遇到了那隻狗，一看見我，牠就開始又跳又吠，咧嘴露出牙齒嘶吼，目光飢渴。

「真對不起，」牠的主人說，雙手抓緊狗的牽繩，試著讓牠冷靜。「牠是搜救犬——坐下！牠只是很興奮——牠沒有惡意。小班，**坐下！**」

我記得當時心想，牠對我絕對有惡意。牠只要一口就能吞了我，牠一定也是這麼打算的。我渾身上下的細胞都想逃跑，可是不知為何雙腳偏偏動不了。我太怕了。

然後，爸安撫地按住我的肩膀，轉頭望向拿牽繩的女人，說：「可以讓我試試看嗎？」

那個女人點點頭，爸走上前，摸起那隻狗。牠馬上停止又蹦又叫，轉而開始嗅嗅舔舔，突然之間，牠再也不像是即將殺人的惡犬，而是渴求關愛的友善毛小孩。我一點一點湊近，終於來到也能摸到牠的距離。

牠是哈士奇，叫做班頓，兩隻眼睛不同色，而且毛好軟好軟。

「那也不是重點。」媽說著：「你不能每次出問題都用魔法解決。」

「拜託，安妮，妳也看到他多怕——」

「恐懼是人生的一部分，」媽說：「雖然很討厭，但那是正常的。如果每次他會怕什麼你都要幫他搞定，他永遠學不會怎麼自己面對恐懼。你想要這種結果嗎？」

恐懼。狗狗。爸用魔法解決事情。嗯，這樣一來，哈士奇班頓突然變得這麼親人就說得通了，是爸拿走了牠的壞。為什麼媽媽覺得這樣不好？

「當然不想。」爸嘆了口氣，說。

這時我咳了一聲，或是打了個噴嚏之類的，我忘了確切的細節，只記得媽奔過轉角，逮到了我。

她說：「你的上床時間已經超過半小時了喔。」

我輪流看著她跟爸，覺得還是別把我聽見什麼告訴他們比較好。

「我口渴，」我說：「我只是想喝水。」

於是媽替我倒了杯水，送我回房間。我想起傑佛瑞，牠是我們之前養的小柯基犬，一年前死掉了，到現在我還是很想牠，更想念養隻寵物的感覺。我盤算著再過多久才能央求爸媽讓我養哈士奇，就這麼睡著了。

第十二章

爸回撥了幾次，我沒接。最後他停止打電話，改成傳訊息給我：

你還好吧？

我回了句「嗯」，接著走到廚房泡咖啡。單憑一杯咖啡，我根本消化不了這麼多資訊。

二十分鐘左右以後，我發現兩杯咖啡還是不夠，索性睡了個午覺。過了一段時間，我被手機鈴聲吵醒，是冬青姑媽打來的。

「喂？」我說，嗓音有些沙啞，雙眼由於沒摘下隱形眼鏡而乾澀，衣服感覺有點噁心，脖子一如既往原因不明地抽疼。

「白楊，有條裂縫得修，媽說很緊急。」

媽。冬青姑媽為什麼要這樣叫她？垂柳究竟是誰？我應該要問的，早知道不要掛得那麼快。我剛才應該叫我爸吐出更多資訊，可是我的腦袋當機得太嚴重了。

反正現在也來不及了。懸崖有裂縫，我有正事得做。

「馬上過去。」我說，伸手摸索眼藥水。

「很好。」冬青姑媽說完便掛上。

我拖著腳步下樓，用意志力催促自己清醒。冬青姑媽已經等在門口，奶奶——垂柳也是。

大白天走去五朔節神樹感覺有點怪，顯得有點日常，少了那麼點魔幻感；我們走出森林踏上五朔節草原時，奶奶指示冬青姑媽檢查四周，這個環節尤其詭異。換作晚上，我們從來用不著擔心被人撞見，但白天就是另一回事了，許多人會在草原上野餐，連我都來野餐過。

好在草原上沒人，起碼現在沒有。冬青姑媽擋在神樹跟道路之間，我則尾隨奶奶走向神樹，注視她開始掃視樹下的祈福禮。

你奶奶叫常春藤，你知道的。

「一件物品。由他人贈送，而非遭到遺棄。具有重大意義。」她以逆時針方向繞著樹走，最後看到某樣東西，指著說：「那個。幫忙拿來好嗎？」

那是條粗手鍊，應該說是寬版手環，以皮繩織成看來極其複雜的紋樣，有點眼熟，但我想不起來。隨便，反正不重要。

我們回到屋裡，準備進行儀式，奶奶對我點頭，要我先開始。

「吾名等同吾身，」我說，把我的白楊葉拋入火中：「雙雙奉獻於汝。」

再來是冬青葉、柳葉及橡樹葉，火光轉為介於藍、綠、青之間的色彩，柴堆下的懸崖石塊升溫，發出亮光。奶奶將頭往手環一點，我拿起手環，閉上雙眼探入。

陽光隱隱穿透窗簾，媽啊，在這種時間進行儀式真的好怪。

「小而犀利的事物，」奶奶說：「失去也無所謂的事物。」

我集中精神。手環主人的記憶有種明亮感，我馬上辨識出對方是名女子。手環是某位她愛過的人送的，家人嗎？不，是男友。她曾熱情洋溢、熾烈地愛著那男友，接著忽然愛意頓消，如今他們只是普通朋友。

我疑心陡生，進一步往下探，尋覓主人的長相。

找到了。布蘭迪。我想起她問我鎮上的五朔節傳統，不顧我的反對在樹下留了某樣物品，卻不肯告訴我放的是什麼。

我猝然睜眼，把意念抽離手環。

「幹麼？」冬青姑媽顯然頗為惱怒。

「這是布蘭迪的。」我說：「我們不能從她身上偷東西。」

奶奶微微偏頭。「為什麼不行？」

「她是我女友，所以不行。」奶奶看來毫不動搖，於是我繼續說道：「再說，她根本不是這裡人，只不過是覺得這個小鎮的傳統很新鮮。她甚至不是在五朔節當天放的。」

「噢，白楊。」奶奶伸手撫著我的臉頰。她的手在微微發抖，記得她說是因為年紀老了，手會打顫。

我仍舊往後退開。

「怎麼了？」她問。

「沒——沒事。」我說，不太確定為什麼她碰我會讓我心底發毛。「只是……」

「只是你奶奶的一雙老太婆手而已。」她搖著頭說，動了動手指，輕嘆一聲。「可別變老啊，白楊。總之，你還要說什麼？對於從你女朋友身上偷東西，你突然多了道德顧慮？」

喔對，這個不是我奶奶的人知道我是如何贏得布蘭迪的心，即使稱不上一清二楚，也足以三言兩語讓我一槍斃命。

「家族優先，白楊。」她柔聲說，冬青姑媽蹙著眉旁觀。「絕對不要忘記這點。家族優先；身為家族的一分子，必須聽命於懸崖。只有我們能阻止懸崖崩塌，所以假如懸崖就要這個能量，我們就該給它這個能量。」

如果懸崖塌了，會被壓垮的不是三峰鎮。是我們。

「明白了嗎？」奶奶問。

我明白，她有些事瞞著我。我明白，等儀式一結束，我一定會把該問的都問出口。

「嗯，」我說：「明白。」

我摸索著探進手環，尋找一件小而犀利的東西。我找到一段記憶，與容納記憶的手環緊密交織：席歐將手環送給布蘭迪的那一刻。在街頭市集，她隨口說了喜歡，席歐便心血來潮買下來送她，她立刻戴上。最初戴在右手，之後換到左手，因為手環的尺寸恰巧能蓋住一撮她從不怎麼喜歡的雀斑——

啊哈，很適合。我用意念包覆那一小撮雀斑，小心翼翼拉出來，推入火中，冬青姑媽將之送往懸崖。然後過了好半晌，奶奶點頭說已大功告成。

「做得很好，白楊。」她說。

我注視著她，細細端詳。問題在於，她跟冬青姑媽有幾分相似，也長得像我爸。他們都有相同的圓潤下巴（我也有），相同的藍眼（我沒有）。這麼久以來，我始終認定她是我爸的媽媽，是我的祖母。老天，我甚至叫她奶奶，她卻從不糾正我。

我說：「我剛跟爸談過了。」

「哦？」她說。在壁爐邊的冬青姑媽停下動作。

「妳猜得沒錯，他偷了我的記憶。老實說，他偷得還不少。」

冬青姑媽猛地投來銳利的目光，「可是我們有規矩。」

「大概是他不在乎吧。」我答道：「但有件事他不記得有偷過，就是……嗯，就是妳，奶奶。垂柳。這——我的意思是——我是說，**妳到底是誰？**」

「我不懂。」她輕聲說，冬青姑媽紋絲不動。

我瞬間覺得自己又變成了小孩，站在一群聽不懂我在說什麼的大人面前，說：**妳不是我奶奶**。

「我奶奶叫常春藤，」我說：「她在我六歲時過世。我爸偷走了我對她去世的悲傷，或是之類的東西——可是實際上不只這樣。我不記得她死掉，我甚至不記得她活過。」我深吸一口氣，說出事實：「我以為妳是我奶奶。」

垂柳目瞪口呆看著我，冬青姑媽的視線在我們之間來回逡巡。好一陣子，屋裡靜得嚇人。

出乎我的意料之外，先開口的人是冬青姑媽：「天。我要殺了他。」

「什麼？」我說。

「你那個笨蛋爸爸，」冬青姑媽說：「我那個笨蛋弟弟。安迪就是不懂得適可而止，他老是這樣，每次都探進太深，拿走太多，搞砸儀式的次數多到數不清……」

「探進太深？」我茫然不解地重複道。

冬青姑媽目光如炬，她對別人大發飆其實看起來滿帥的。「我賭不管他想偷走什麼——你說他偷了你的悲傷，是吧？他鐵定是不曉得什麼時候該住手，搞不好他根本不知道要**怎麼**住手，那個白痴。我要打給他，把他狠狠地罵一頓——」

「不要，」我說：「不用，現在不要。我不想害大家吵架。我只是想搞清楚怎麼回事，好不好？」我回頭看著垂柳，說：「我從以前就老是叫妳奶奶，妳幹麼不糾正我？」

「白楊，親愛的，」她說：「每個人都有一套稱呼我的方式。冬青喊我『媽』；她女兒用我的名字喊我，願她安息。你則是喊我奶奶。坦白說，沒有任何一個詞能概括你和我的關係。」

我胃裡一揪，不得不在沙發上坐下。「所以我們的關係是什麼？」

她頓了片刻。「你真的完全不記得？」

我搖頭。

「既然如此……」坐在椅子上的垂柳傾身向前，「傑瑞米・白楊・快克，容我說個故事給你聽，如何？」

聽見我的全名，以及如此正經的提問，令我的背脊泛起一陣涼意。「好啊，」我說：「當然。說故事，沒問題。」

垂柳粲然一笑，向後靠在椅背上，娓娓道來：

「很久以前，我住在這個鎮的東南方。那座怡人的小鎮位在海邊，最近幾年成為麻薩諸塞灣省。」

「近幾年？」我寒毛直豎，「妳什麼時候——」

「請不要打岔，白楊。」她揉揉額頭，一聲嘆息，似乎努力思索。「那年是……一六九零？可能是一六九一。我哪天真的該去考證一下日期。不過像我剛剛說的，原本我住在海邊。我嫁給一個很棒的人，為他生了兩個孩子，取名為梣木和玫瑰，我跟丈夫都覺得這兩種植物很美。白楊，在故事的開端，我的孩子差不多長到你這個年紀，那是我丈夫高燒去世的幾個月後。」

我應該要覺得頭暈目眩，這一切聽起來應該要很荒唐，我應該要懇求她告訴我**真正**的真相，然而我出奇地冷靜。

「關於黑魔法的流言甚囂塵上，」奶奶繼續說：「也就是巫術，你懂的。你要知道，我丈夫會魔法。不是女巫所用的魔法，不是大家口中的黑魔法——而是跟土地的連結，可以影響特定自然現象的能力，我們的孩子從他身上繼承了這些力量。玫瑰很有天賦，極有自信，要瞞過那些窺探的人不成問題。可是梣木還沒辦法隨心所欲掌控魔法，遲早會在不對的人面前露出馬腳，所以我下定決心逃走。我不希望看著親生兒子因為瘋狂的原因被吊死。

「於是我賣掉房子，買了輛馬車和一些物資，我們便出發往西走。幾乎每晚都在不同的地方紮營，探索這片土地，生火，打獵當作晚餐……

「事情發生的那天晚上，孩子們外出打獵，我留在馬車旁生火，正等著他們回來，一陣轟然巨響，地動山搖。你明白了嗎，就是懸崖。我們在懸崖的陰影下紮營，那天晚上，懸崖塌了下來，成堆的落石壓垮了我。孩子們回來時，看見的就是這個景象。」

這次，我忍不住打岔：「壓垮妳？妳是說妳**死了**？」

她雙眼眨也不眨地凝視著我，「我就是這個意思。」

「但是……」

「讓她說完。」冬青姑媽低聲說。

我腦中浮現**殭屍曾曾曾曾祖母**，但緊閉著嘴沒出聲。

「是孩子們讓我復活的。」奶奶說。垂柳說。「我死去的那晚，他們在壓垮我的石頭上方升起火堆，燒了一片梣樹樹葉跟一片玫瑰花瓣，象徵他們願意獻出自己，讓我復生。隔天早上，懸崖和我都完好如初，在我死亡的地點，落石消失，長出一棵橡樹苗。」

「五朔節神樹？」我猜測道，她點頭。「可是……它現在離懸崖很遠。」

「當然是在那之後移過樹了啊。」冬青姑媽說。

垂柳望了她一眼，她便住了口。「我們在幾年後移了那棵樹。樹會吸引別人過去，促使他們付出自身的一部分，像我的孩子一樣。在比較古早的年代，甚至有人視那裡為聖地。然而，由於樹太靠近懸崖，有些人不敢靠近。移植那棵樹之後，這個人煙稀少的小聚落才慢慢演變成小鎮。」

「等一下，妳是說，是因為有了五朔節神樹才有了三鋒鎮？」我說。

垂柳聳肩。「這裡會那麼早形成村落，除此之外沒有更合理的原因了。總之，有人到來，其中一些人就此留下。」她對我露出細微的笑意，「也是好事，否則我們孤單得很。」

「不能搬去其他地方嗎？我是說，如果很孤單的話？」

「原本是這麼打算沒錯，」垂柳說：「像我剛剛說的，往西走。我們隔天就試著動身，結果懸崖不讓我們去。更精確地說，是不讓**我**去。懸崖一覺得我離山谷太遠，便有聲音傳進我腦中，讓我感受到它的飢渴。我感覺到石上有條裂縫，只能用孩子的魔法來修補。

「你瞧，這就是懸崖的條件。懸崖實現了我孩子的願望，做為代價，懸崖賦予了我孩子能夠讓它活下去的力量。當然，是它所謂的活著。」

「妳是說探取，」我說：「所以這個能力是這麼來的？是懸崖讓妳的小孩有偷東西的能力？」

垂柳肅穆地點頭，「就是這樣。從那以後，我們便延續這個傳統：我肩負傾聽懸崖之聲的使命，我的後代則肩負實行懸崖命令的使命。先是我的孩子，再來是我孩子的孩子，代代相傳。」

她的笑容有些動搖，調整坐姿。

「我們做的一切，從別人身上偷東西，把他們的能量餵給懸崖……我不會假裝這不是個麻煩事，但這是必要的。」她疼愛地看了冬青一眼，「為了保全我們家族，這是必要的。」

麻煩事。有意思，我從沒聽她抱怨過儀式。不過，那不是她這整個故事的重點。

「所以妳永生不死？」我說：「就是因為這個原因，妳才叫我們替妳偷走別人對妳的記憶？」

她點頭，「我真的很抱歉。我是真心以為你知道原因，或者該說記得原因。我不是故意要騙你。」

「而且……妳死過。妳真的死過？」

垂柳輕閉雙眼，睫毛投下不規則的陰影，籠罩著臉頰上的皺紋。「我當時感覺到骨頭碎裂，胸腔下陷。死不是什麼愉快的體驗。」

我全身又要打起顫來，但我勉力克制住。「可是，這樣的話……那妳是什麼？殭屍嗎？」

她再次迎向我的視線，在椅子上傾身向前，神情懇切。「白楊，我是你的家人，這才是最重要的。」

這時，冬青姑媽再度開口。「我們兩個都是你的家人。身為家族的一員，我們對彼此有義務，你懂吧？」

我點頭。「不要從家人身上偷東西。嗯，當然。」

「不對。我是說，那自然是沒錯，但不只這件事。」冬青姑媽神色煎熬，彷彿要說出每個字都費了好一番力氣。「我們……我們有件事要問你。」

「冬青，」垂柳臉色一變，「現在不是問這個的時候。」

「現在不問，什麼時候問？」冬青姑媽反駁。「白楊，你願不願意考慮……就是……先前石楠……」

她的嗓音開始哽咽，我胃裡一陣翻絞。

「冬青要說的是，」垂柳插口道：「三位儀式還需要一個人。一個長期參與儀式的人，而不只是讓一個接一個好心的親戚輪流頂替，每次只做一兩個星期。我們需要能留下來的人，而且這個人必須明白儀式有多重要——」

「又能好好控制魔法，」冬青姑媽說：「比如你爸就不行。還有海芋，自我中心得要命，可別是她。」

「你可以隨時邀朋友來玩，」垂柳說：「你也看到了，我們會非常歡迎你朋友的。」

我的朋友。席歐，布蘭迪。**布蘭迪**。我們才剛開始交往，萬一我搬來三峰鎮定居，要見上一面就難了。

「用不著馬上決定。」垂柳溫柔地說：「你也不見得要答應。我們當然希望你答應，但你要明白，這是個邀請，不是個命令。」

冬青姑媽嘴唇抿得死緊，都泛白了，不過她仍點了點頭。我胃裡糾結，脖子緊繃到不行。說實在的，經過跟爸的那通電話，我還真有點想答應，那就不用回去跟他一起住了。

可是我得等一等。我得等我對他的怒火消退，這種事不能倉促決定。

我說：「我會考慮的。」

垂柳微笑，「這樣對我來說就夠了。」

之前

傑佛瑞那次，現在想來都合理了。小時候，我們家養了隻柯基犬叫傑佛瑞，很喜歡在晚餐時咬走餐桌上的食物。有天，牠突然再也不這麼做了。

有天，牠突然開始吃牠的狗食，絲毫不在意人類正在吃什麼。

儘管我當時只有八歲，但我過不了多久便猜到發生什麼事。爸偷了傑佛瑞對人類食物的渴望。

我問爸我猜得對不對，他點頭，說：「既然有辦法改正寵物的行為，沒道理繼續讓寵物不乖，對吧？」

奇怪的是，差不多在相同時間，傑佛瑞也不再跳上我們的床，不再亂咬鞋子。我問爸他是不是也拿走了這些東西，是不是把傑佛瑞愛做的壞狗狗行為通通偷走了。

「嗯，」爸說：「你這樣一說，最近我的鞋子看起來的確口水比較少……」

「但你是故意拿走的，對吧？」我說，雖然不知道為什麼，卻覺得不太對勁。

「不算是……」可是爸擔憂的神色立刻換成迷人的微笑，「不過這種副作用也不錯，對不對？」

我記得當時心裡疑惑，為什麼會有副作用。我記得自己暗自好奇，我的探取是不是也會有副作用。

我從沒想到，爸大概只是很不擅長用魔法。

第十三章

我需要空氣，需要空間，這個空間最好離這屋子遠遠的，因為我需要**思考**。於是我打給布蘭迪，問他們是否還在湖邊。我今天不打算跟他們一起泛舟，以後也沒這個打算，不過起碼我可以在岸上晃晃，也許喝到醉，隨便怎樣都行。只要沒有垂柳跟冬青姑媽在旁邊盯著我看，等著我的答案，什麼都好。

可是布蘭迪說，他們大約一小時前就離開湖邊，回到可莉家打電動了。要是我想喝酒，他們家有啤酒可以喝，顯然可莉的父母從來不在家。

「但你出門沒關係嗎？」她問：「你今天早上臉色真的很差。」

「大概只是累吧。」我說：「我睡了個午覺，沒事了，耶。」

「喔耶，」她說：「那你快過來，是櫻桃街十二號，黃色的房子，就是開派對那間。」

我八成該跟冬青姑媽借車，會比較快到，不過走路只要二十分鐘左右，走走也很適合思考。

話雖如此，來到可莉家時，我的狀態仍舊跟出門時差不多，沒做出什麼理性的決定。

為了方便讓我進去，他們沒鎖前門，於是我自己進了門，循著聲音穿過昏暗的客廳，接著走樓梯來到二樓。最近的那間臥室裡有四個人，專心致志盯著大尺寸液晶螢幕，畫面上有四個瑪利歐賽車的角色沿著賽道衝刺。

「不准拿那個——可惡！」一個眼熟的男生大叫，將遊戲手把猛力往旁一歪。他和席歐、可莉並肩坐在床上，宛如一排打電動的小鴨。

「你根本活該。」布蘭迪說，她半躺在一張懶骨頭沙發中，也拿著手把。我瞥向螢幕，以為會看到碧姬公主一馬當先，那是她慣用的瑪利歐賽車角色。布蘭迪對這個遊戲很拿手，這麼猜也是合理的。

可是我猜錯了，這次碧姬公主是最後一名。有誰搶先布蘭迪選了這個角色嗎？

「嗨，」我說，走進房間，但沒往裡面走太多步，免得害大家看不到可莉的螢幕。多虧布蘭迪，我知道擋在電動玩家跟螢幕之間會有什麼下場，總之不是什麼好下場。

「喔！白楊，嗨。」布蘭迪說，眼睛仍黏在螢幕上。

「妳玩哪個角色？」我問。

我以為她會說耀西，因為耀西現在衝第一。然而布蘭迪有點僵地答道：「當然是碧姬啊。我都是選碧姬。」

我皺眉看著螢幕，碧姬那輛賽車的表現不怎麼好。「那怎麼——」

「噓，不要害我分心。」她說，狠瞪著螢幕，碧姬正接近一個看起來棘手的加速機關。「喔等等，等下等下我可以我可以——**該死**。我死了。」

她戲劇化地將手把拋到地上，向後一靠，閉上眼。

可莉說：「這關還沒玩完耶，布蘭迪。」

「對，但我玩完了。」布蘭迪說，「你要的話，可以拿那張書桌椅。」

後面這句話是對我說的。我坐下來，旁觀可莉、席歐跟另一個人玩完這一關。玩完之後（可莉操控的耀西贏了），可莉才介紹了那個男生。

「白楊，這是坎卓克，」她說：「坎卓克，這是白楊。」

「喔，對！」坎卓克說：「派對上的那個。在後院喝到斷片的就是你。」

可莉跟坎卓克都笑出聲來，我頓時想起是在哪裡見過他。派對上，他在飲料桶旁晃來晃去，吵著要莉亞幫他重新倒飲料。

「對，是我，」我說：「再跟妳說聲不好意思。」

「沒關係，」可莉說：「至少你沒吐，像我沒提到的某些人那樣。」她意有所指地看著坎卓克，他上下挑動眉毛。

「要玩嗎？」布蘭迪問，朝她扔在地上的手把點了點頭。她雙手環抱在胸前，手掌插進上臂底下，像是要保暖。「你想的話可以幫我玩。我輸到膩了。」

席歐稍稍伸長脖子，打量著她。「對啊，怎麼回事？玩這個妳通常都會海放我們。」

布蘭迪吐了吐舌頭，「我的手顯然不想聽我指揮。」

「那你要玩嗎，白楊？」可莉說，靠過去撿起布蘭迪的手把。

「先不要。」我說：「你們玩個幾輪再說，我要評估一下競爭對手的程度，等我加入就知道怎麼打敗你們。」

「想得美。」可莉喃喃說。不出幾秒，他們三人選好新的關卡，又玩了起來。

「不聽妳指揮？」我問，把書桌椅挪近布蘭迪些。「怎麼了，生病了嗎？」

「應該不是。」布蘭迪說：「我是說，我不覺得有生病。我的手只是……不曉得，就是突然開始抖，完全沒有任何原因。所以我們才會提早從湖邊回來，因為我拿不好獨木舟的槳。我以為大概只是在湖上有點冷，等進了屋內就會好，可是……」

我皺起眉頭，「會不會是發燒了？」

「你摸我額頭。」她說，我照做，她的皮膚溫度感覺完全正常。

「嗯。」我說。

「對吧？你再看看這個。」

她放開雙臂，伸出一隻手給我。我握住她的手——她說得對，她在發抖。即便我把她的手緊握在我雙手之間，仍能感到那隻手依著我的皮膚震動。我呼吸一滯，這個感受喚起一段回憶，浮現在我腦海。那是最近才有的記憶。

垂柳的手。發顫的手。**可別變老啊**，她是這麼說的。

然而布蘭迪並不老，她才十七歲，我滿肯定青少年不會原因不明地手抖。究竟怎麼回事？

「是什麼時候開始的？」我問。

「像我剛剛說的，在湖邊。」

「對，不過那是幾點？妳知道嗎？」

「不曉得。幾個小時之前？喔！對了，我們還獨木舟的時間是三點半。」

三點半，那是冬青姑媽用電話叫醒我的半小時後。

我的掌心冒出汗來。

「但搞不好你說得對，」她說，迅速瞥了三個瑪利歐賽車玩家一眼。「可能是我生病了。也許我該去看醫生。」

我攥起拳頭，指甲刺進手心。石楠也去看過醫生，他們什麼都做不了。情況會有多糟？布蘭迪不會死吧？

嗯，她當然不會死，又不是肺直接罷工，只不過是輕微打顫罷了。手抖是正常的，很多人都會……不是嗎？

心裡沒個底，我不禁伸手向前，抓住布蘭迪蓋的毯子。貼心、美好、性感的布蘭迪，她不該面臨這種遭遇。我探進毯子，四處尋覓，確定毯子屬於可莉，隨即開始找她的手，那雙不會發抖、健康的手，然後——

然後我想起來，懸崖取走的東西是無法替代的。石楠在信上這麼寫過。

隨便，我不管。我依然探了進去，找到可莉那雙手的穩定，給了布蘭迪。這次採取我做得謹慎、精確，一如平時的水準……卻毫無效果。

我等了半晌，說不定要過一段時間才會起作用。幾秒過去，幾分鐘過去，可莉的手依然平穩，布蘭迪的手仍舊在腿上打顫。

看來無可挽回了。我治不好布蘭迪。她總算屬於我，如今她出了事，我卻什麼也做不到。

「嘿，你還好嗎？」布蘭迪問，伸手稍稍揉亂我的頭髮。

我強迫自己微笑。「嗯，沒事，我好得很。」

她認識的你到底有哪裡是真的？

莉亞這麼問的當下我敷衍了過去，現在我卻不由得懷疑，或許莉亞說的有道理。布蘭迪遇到這種事，卻不讓她知道個中原因，這樣並不公平。

可是，我從沒把祕密透露給任何人。何況就算她知道了，又有什麼用？

話又說回來，情侶應該對彼此坦誠，不是嗎？要是布蘭迪跟我要長久交往下去（我也是這麼打算），總有一天必須告訴她，像爸告訴了媽那樣。媽親口對我說過，她希望爸在他們交往期間早點跟她說……

可是，相同的念頭浮現：**那又有什麼用？**

然後，來了那通電話。

那時布蘭迪跟我在我床上熱吻纏綿，房門已關，衣物半褪，我努力忽略她發顫的手，就在這一刻，她的手機響了。是〈鋼琴師〉的副歌，代表打來的人是她爸。

她哀號一聲，從我的棉被堆中抽身。「對不起，我得接這個電話。」

「沒問題。」

她穿越房間，找出皮包，我躺回枕上，努力讓呼吸平穩下來。

「嗨！」布蘭迪說，盡力裝出「沒有啊我絕對沒有剛好要來一砲你在說什麼」的口氣。接著她安靜下來，一面微微點頭，一面聽她爸說了不知什麼。她朝我翻了個白眼，用手勢模仿嘴巴一開一闔說個不停的樣子，我露出微笑。然後她停住動作，表情漸漸垮了下來，坐回床沿，點頭的動作也停了。

「爸，拜託，」接下來她說，「就因為有個人……嗯，我在聽。對不起。」

她向我一望，我的脖子立時繃起來。我似乎猜得出是什麼情況。

幾分鐘後，布蘭迪對著手機嘆了一聲。「多倫多？我們離多倫多很遠……嗯，我知道紐約就在加拿大國界旁邊，可是**我們離**——天啊，有，我有聽到。」

我坐起身，撫著她的背。就我所知，布蘭迪只有跟她爸講話會那麼焦躁。最終，她閉上雙眼。「好，我會查一下客運的時刻表，明天再跟你說。」一陣停頓。「不要，我說了明天。已經很晚了，爸，我還沒收行李，何況今天晚上沒人能載我去客運站。」

喔老天，真的假的？

「好啦，」她說，「對，好。我也愛你。拜拜。」

她掛上電話，無言地注視著我，顯然滿腹怨氣。

「多倫多？」我說。

「有人中槍，」布蘭迪說：「黑幫火拚什麼的。」

「在多倫多。」

「嗯哼。」

「多倫多離我們這邊開車要五個小時，搞不好六小時。」

「沒——錯。」

「然後他就要你回家？」

她的反應是一臉苦相，只有那麼一絲誇張的成分。「坦白說，我很驚訝他沒有早點叫我回去。每次他這個樣子，我是沒辦法拒絕他的，你知道不行。」

我確實知道。學期間數不清多少次，我目送她拖著腳步走出各科教室，回家度過剩下的一天，只因為她爸認定布蘭迪非要在他身邊才安全。我也太傻，竟然以為這次暑假會有不同的結局。

然而，下一刻，我豁然開朗。自從瑪利歐賽車之後便在我心頭盤旋的那些疑問，此時有了解答。

「對了，布蘭迪，如果他再也**不會**這樣呢？」

「喔，不錯啊，」她邊翻白眼邊說：「我等不及要第四次建議他去諮商了。媽啊，我真是受夠跟他談這個。只要等到畢業，我就能搬出來，然後——」

「妳真的以為搬出去他會變好？」我問：「我敢說一定是相反。聽我說，我指的是……讓他永遠改掉。」

她瞇起眼來，「你講得好像要殺了他還是怎樣的。我先說，拜託不要。」

我笑出聲，「不是，不是，我是說……好吧。嗯。布蘭迪，」就是現在了。我終於要停止騙她了，現在就是時機。「我有件事要告訴妳。」

「喔——我就知道，」她說：「你懷孕了，對不對。」

「啊哈哈。不是，我是認真的。這個……我從來沒跟任何人說過。」

這回她沒再開玩笑，只是偏頭，不作聲，等我說下去。

「我剛剛說能讓他改掉，意思是——天哪，這要怎麼說？我的意思是把他的焦慮拿走。進入他的心，找到焦慮，然後拿出來。」

她眨了幾下眼，蹙起眉頭。「這不就是心理治療嗎？」

「或許吧，但心理治療要花一段時間。」我說：「我指的是馬上治好。馬上見效！」

布蘭迪動了下肩膀，有點明顯地示意我拿開放在她背上的手。「我不太懂你的意思，白楊。」

她當然不會明白，我解釋得太爛了。

「我可以從別人身上拿走東西。就……這樣。這就是我要說的。」

可是布蘭迪的眉頭仍皺著，「比如說什麼？」

「任何東西，想法、記憶、外表都可以。」

「所以……怎樣，你是巫師？」布蘭迪看來壓根不買帳。

「哈。不是啦。妳看，我可以證明。」

天，這讓我好緊張，緊張程度更甚莉亞那次闖進我房間，渾身被雨淋透，圓睜雙眼，說她對我家族的祕密瞭若指掌。我的意思是，該從何證明起？

「妳燙傷的疤痕！」我說：「記得妳手上那個燙傷嗎？高一那時候，妳說被電棒捲燙到。妳跟我說妳不喜歡那個疤，我就替妳把它拿掉了。」

她發出嫌惡的聲音，「是那個疤自己好了，白楊，不是你弄的。」

「不對，是我，」我說：「來，手伸出來。」

布蘭迪一陣躊躇，終究伸出了手。我把她的手翻過去，讓她手心向下，指著靠近手腕處的一小撮雀斑，今天下午我曾試著把這些斑取走，只是顯然沒有成功。我說：「看著。」

然後我碰觸她的肩膀，透過她那件T恤的布料，進入她的心智，探進構成我身邊這個女孩的所有事物。

雀斑的位置靠近表層，緊密纏繞著我剛才告訴她的一切、她對爸爸的氣惱、必須提早兩週離開的傷心，以及無法穩住雙手不抖的煩躁。不過雀斑這東西夠小，我輕鬆地將之扯下。我將手拿開，任由雀斑消失。

她的手腕上什麼也沒有。

布蘭迪呆看著手腕，望向我，接著再度盯著手臂。她小心翼翼碰了碰，彷佛生怕摸起來會有不同的觸感。

「跟妳說了吧。」我咧嘴笑著說。總算解釋完了，我欣喜難抑。

「你……」她慢慢搖頭，「你真的……？」

「對啊！」我說：「看，這很棒吧！我什麼都能治好，我是說妳爸。我可以拿走他的焦慮，讓他不會每隔五分鐘就覺得妳快死了，那妳就能留下來跟——」

「不行。」布蘭迪輕聲說。幾秒前她便搖起頭來，但現在才開口。「不，不行，你不能這樣做。」

「為什麼？」

「就是不行！好嗎？那是我爸。你不能就這麼把他變成……披著他外皮的外星人。」

我根本無法理解為什麼這樣不好。「他還是同一個人啊，只是少了會把你逼——」

「你這樣是偷走他的**人格**，」她說：「偷走他的**思想**，那些讓他之所以是他的部分。你不能隨便改變這些東西。」

「我也不是沒這樣做過，」我說：「我真的很拿手，他甚至不會發現少了什麼。」

布蘭迪瞇細了眼，「你……做過。」

「嗯，是啊。」我的脖子一緊。這跟我期待的反應不一樣。「聽我說，我只是不想騙妳，好嗎？」

布蘭迪頓了一下，直視我的雙眼，穿透進來，彷彿看得見藏在我皮肉之下的血骨與灰質。

「你有沒有偷過**我**的想法？」

我一陣猶豫。我的確是偷過她的感覺，擔心、懷疑等等，不過這些嚴格來說算是想法嗎？

另一方面，我剛才那句話是真心誠意：我不想騙她。想要坦誠，代表不基於小細節迴避她的問題。

於是我說：「算有。」

「你說。」

「嗯，有天晚上妳吃了可莉的醋，因為……不曉得，她是席歐的新女友，而妳是前任之類的，所以我拿走妳的吃醋——」

「你在開玩笑嗎？」

「嗯，我是說，它讓妳很傷心啊，」我說：「如果有辦法讓我不要每次看到妳親席歐就吃醋，妳不覺得我早就做了嗎？其實我試過，但我偷不了自己身上的東西，所以我才……呃。」

布蘭迪動也不動。「所以你才什麼？」

該死，我差點就要把明知絕不能說的那件事給說溜嘴。「嗯，我是說，所以我才會偷一些讓妳難過的東西。」

「一**些**東西。」她非常溫和地重複，「所以不是只有那一次。」

「呃。對。」

「說吧。一件一件告訴我。」

我僵住，一時想不出我從她身上偷走了什麼別的，滿腦子都是絕對不能告訴她的那件事。

然而，我來不及強迫自己開口，布蘭迪的神色一變，原本是嫌惡，現在像是想殺人。「等一下，白楊，我們為什麼會交往？」

我心跳加快。「這個，因為妳在派對那天跟我告白。」

「不是……不是你**讓我**跟你告白的吧？」

「不是！天哪，不是。」至少這點是百分之百的實話。「那未免太噁心了，我絕對不會做這種事。」然後我逼自己住嘴，再說下去就顯得辯解過度了。

布蘭迪點頭，「可是那天晚上……我記得我有種發展太快的感覺，我還在車上這麼說。我才剛跟席歐分手，那天卻已經準備好要跟你上床，我覺得挺怪的。沒人這麼快走出分手的情傷，不可能就是不可能。」我意識到她想問什麼，脖子繃了起來。

「那是你做的嗎？」

我可以撒個謊。也許我該撒謊才對。然而她臉上的表情告訴我，她對事實已經了然於心。於是我點頭。「妳跟席歐都有。在妳……你們兩個分手之後很心碎，所以我……就是。我處理掉了。」

「你處理掉了。」她說。我點頭。我的天，脖子快痛死我了。「好。那，是你讓我們分手的嗎？」

「不是，妳自己決定要分的。我只是——」

該死。該死該死該死**該死**。

我硬是說了下去：「我只是，呃，在旁邊看著。」

世上有人圓謊圓得比我更爛嗎？肯定沒有。布蘭迪深吸一口氣，胸口起伏。「在旁邊看著。你本來不是要說這個。」

對，不是。我狂揉頸子。

「既然你沒讓我們分手，」她說：「不然是什麼？你偷了某個東西，**導致**我跟他分手？」

我沒辦法把「不是」說出口。我沒辦法騙她。她抿起嘴唇。我的老天，一切要結束了，她要離開我了。除非我補救一切，我可以立刻探進她心中，取走她的怒氣，但願底下埋藏著理解。

探進去，我對自己說，**做啊**。

我動不了。

「你偷了我什麼？」她站起身來，居高臨下瞪著我。

「妳，呃。妳對他的愛。」我的嘴巴好乾，說話聽起來濁濁的。「對席歐的愛。那就是，嗯。那就是我偷的東西。」

「是嗎？」她低聲說。

我點頭。「你們一天到晚吵架，長久下去不可能有結果，所以——」

「換句話說，你**設計**讓我愛上你。」

「不是！」我說，「不，不。我只是……拿走你對席歐的愛，你才會有愛上我的空間。我說過了，我絕對不會——」

「換句話說，我沒有能力決定自己要跟誰在一起，從頭到尾都是你在操縱，這些決定通通不是我自己做的。」

「我沒有這樣說。」

「對啊，你沒有，」她說，防衛地雙手抱胸：「但你**就是這個意思**。」

「布蘭迪。」

她用清澈的雙眼注視著我，緩緩搖頭。「我一直以為你跟其他男生不一樣。」過了半晌，她說：「比起我交往過的每個男生，在學校的每個男生。」

「我是啊。」我說。

「對，你絕對不一樣。但不是我想像的那方面。」她慢慢後退遠離我，慢慢靠向門口，彎腰拾起皮包。

「我要去打包。」她說：「我明天早上走，走之前我不想再看到你。喔對了，給你不用錢的建議：這輩子不要再跟別人交往了。」

「布蘭迪，等一下——」

可是她不等。她大步走出房間，進了走廊，朝東廂房去。我跟在她後頭，反覆喊著她的名字，直到她終於猛地旋身面對我。

「停，可以嗎？」她說：「停就對了，你敢再跟著我試試看。」

我站在原地，眼睜睜看她走進房間，摔上門。

說實在，我如果要阻止她，根本用不著跟在她後面。她的手機還留在我床上，我只需要探進手機，取走她對離開的渴望，或是對於我方才那些話的所有負面情緒。要不然，我也可以拿走她對這整段對話的記憶。這樣對我們兩個比較好，不是嗎？我們會和之前一樣幸福。

我拿起手機。

她認識的你到底有哪裡是真的？

現在布蘭迪知道了真實的我，睜大眼睛檢視了全部真相，然後決定她不要我。假如我不抹除她的記憶，布蘭迪和我就永遠結束了。

然而，假如我這麼做，那麼我這輩子都必須面對事實：我對布蘭迪做了和我爸如出一轍的行為。

我拿著手機坐在原位，幾分鐘後，她來敲我的門，向我伸出發顫的手。我把手機交給她。就這樣，我永遠沒機會改變主意了。

之前

鏡球吊燈在上空旋轉。水果調酒、蛋糕餅乾飄著過度甜膩的香味，其中隱隱能聞見汗味。音響大聲播著無敵難聽的流行歌。每個人都做了以青少年來說最好的打扮，總有些尷尬。要說這是舞會，還不如說是個嘉年華會，五光十色得足以讓你沉浸其中——但我沒有沉浸其中。我完全清楚自己人在哪裡（靠在離汽水桌不遠的牆上，旁邊是個叫奧瑪的小個子男生），也完全清楚布蘭迪人在哪裡（跟席歐一起跳舞），知道這些就夠了。

「她真的好辣。」我身邊的奧瑪說。

「對啊。」我附和——接著才意識到他大概不是在說布蘭迪。「等一下，誰？」

「塔努雅。」他說，下巴朝某個女孩一揚，是我英文課的同學，只是不熟。她跟一群朋友站在一起，穿著無袖的銀色裙子。

「那邀她跳舞啊。」我說。

奧瑪臉一垮，「她會說不要。」

「如果她沒這樣說呢？」

「她會啦。」

就我所知，塔努雅單身。我記得當時心想，如果布蘭迪單身，用不著等音樂開始播，我早邀她跳舞了。簡單說，假如能跟奧瑪交換立場，要我做什麼都願意。

我將手放在他瘦巴巴的肩上，探進去，尋找他的羞怯。不難找，它有如菌菇般交纏在奧瑪的整個人格上，要偷走得耗費很長一段時間，所以我略過它，選了個速成的做法：拿走他認定塔努雅會拒絕他的信念。

然後我俯身湊過去說：「老兄，去邀就是了。如果你不去，你會後悔一輩子。」

奧瑪稍稍挺直背脊，深呼吸一口氣，大步走向塔努雅和她朋友。過了片刻，我看見他領著塔努雅走進舞池。

又過片刻，我再次找到布蘭迪。她身穿午夜藍小禮服，裙襬在小腿旁飄舞，細肩帶突顯了她凸起的肩胛骨，頭髮以閃亮的髮飾高挽成髻，留下幾綹髮絲飄在背後。她正走向我，臉上帶著笑。

「尊貴的先生，能跟我跳支舞嗎？」她說。

音樂換了，節奏由快轉慢。是〈你的每個呼吸〉那首歌，乍聽像情歌，往下聽才會發現好像是跟蹤狂的故事，讓你為了自己本來覺得浪漫而作嘔起來。

布蘭迪伸著手。皮膚白細，指甲塗成粉色，手腕繫著席歐給她的花手環。

「妳的伴呢？」我問，主要是基於禮貌。

「正在狂吃蛋糕。」她答道：「他跳舞跳膩了。偷偷告訴你，他其實跳得有點爛。怎麼樣，要不要跳？」

我當然不會拒絕第二次。於是布蘭迪與我跳起舞來，跟著幾百年前紅過的老歌緩緩搖擺。我撫著她的背，她摟著我的脖子。在這四分鐘之內，我假裝自己參加舞會的身分是布蘭迪的男伴，而不是她那一大群朋友的其中之一。

慢歌結束後播起一首快歌，布蘭迪湊上來吻我臉頰，我差點忘了怎麼呼吸。

我愛妳，我想這樣說。

「妳跳得很好。」但我這樣說。遜斃了。

布蘭迪只是笑。我會一生記住她這個笑聲，記住她這聲笑，以及〈你的每個呼吸〉。如果布蘭迪永遠不會屬於我，起碼我曾經在這四分鐘假裝她是我的。

第十四章

隔天早上醒來，他們已經走了。兩個人都是。我不曉得布蘭迪跟席歐說了什麼，但我打給他想問怎麼回事時他沒接。**是因為他在開車**，我這麼說服自己。

對，就是這樣。不是因為布蘭迪向他全盤托出，他一氣之下，決心再也不跟我說話。

我一面吃著早餐（喝了咖啡，吃了蛋，奶奶問我朋友怎麼了，冬青姑媽瞇起眼在旁邊看著），一面心想為什麼我沒有更崩潰。但我不覺得崩潰。我沒什麼感覺，只是有點震撼，有點麻木。接下來一整天，我差不多都是這個狀態。

最後奶奶問我好不好，意思是她看得出我不好。我壓根不想向殭屍太祖母傾吐衷腸談我女友（現在是前女友了），於是我出了門。

抵達五朔節草原，我才發現自己是朝這個方向走。我考慮要不要繼續走到鎮上，也許吃點東西，可是我不想。我只想坐下來，玩手機上的白痴遊戲，等待麻木感褪去。

手機響起，驚醒了我沉迷於寶石方塊的腦袋。然而我的期待落空，打來的人不是布蘭迪，也不是席歐。

是我媽。

我一如往常拒接電話，但不知道為什麼，目光就是沒辦法從她在螢幕上的顯示名稱挪開。

她離開了爸，帶走她所有的物品，讓我爸再也不能探進她的心智。爸本來可以讓她回來，卻沒這麼做。

布蘭迪得知我的能力、我**做過**的行為之後大為反感，衝出了我房間。我本來可以讓她回來，卻沒這麼做。

那麼長一段時間以來，我從不曾明白。

趁著自己打消主意之前，我找出爸的號碼。

「白楊，真高興你打來。」他只響了一聲就接起電話，說得很急，似乎想趕在我又掛掉電話前把所有的話講完：「我跟冬青談過了，我懂你為什麼生氣。我不是故意要從你身上拿走那麼多東西，我真的不知道你完全不記得你奶奶，還有——」

「爸，」我說，他打住話頭。「你記不記得我問過能不能讓媽回來？」

「比較像是命令，」他說：「對，我當然記得。」
「然後你說不行。」
他頓了一下，「白楊，兒子，我不會改變心意的。」
「不不，我不是要說那個。」我躺到草地上，仰望五朔節神樹的綠葉。「那是……我是說，那是因為……你會受不了，是嗎？繼續維持這段婚姻，可是心裡很清楚要是不用魔法，她絕對不想跟你在一起？」
「這是一部分的原因。」他慢慢地說。
「那另一部分呢？」
「另一部分是……天，我很不會解釋這個。」
「說說看。」我說。
又是一頓，我聽見他長長地深吸了一口氣。
「簡單說，這麼做是錯的。」
我皺起眉，等他繼續解釋。他接著說：「拿走一個人的想法、感覺，或是……或是衝動什麼的，等於是拿走他們人格的一部分。我愛的是你媽媽原本的樣子，我絕對不會改變她。」
「就算這代表你會失去她？」我說。
「對。」他輕聲說，「就算是這樣。」

「可是你改變過我的一些部分。我對某些事的難過，甚至是記憶。只有這些嗎？還是你拿過別的東西？」

「記憶是不小心的，」他說：「真的很對不起，我說真的。」

「你沒回答我的問題。」我說。

爸嘆了口氣。「不算很多，但的確還有。比如說恐懼，我把你的恐懼拿走幾次過。」

胃裡開始翻湧。「對什麼的恐懼？」

「天哪，我都快不記得了。」他說：「我想想。哦！記不記得你想試試看徵選少棒聯盟，可是你怕球？」

「我會怕球？」

「你會。」爸輕笑，「你認定那顆球會打中你的眼睛，害你短命早死。這恐懼既沒道理又沒意義，我就把它偷走了。結果呢？跟我預料的一樣，你成功加入了少棒隊。」

媽啊，這件事我記得很清楚，但我不曉得我在選拔第二天沒那麼害怕，是因為爸的關係……

「還有你吵著要養哈士奇，記得嗎？」他繼續說：「都是從那隻狗開始的。你在街上遇到牠，牠叫個不停，你嚇都嚇死了——至少剛開始你很怕。」

「等等，不是吧。」我說。我也記得那隻狗，當時我還很小，那隻狗又好大，卻在兩秒內從凶狠變得親人，是因為爸偷了……「等一下，你偷的不是那隻狗的東西嗎？拿走牠的凶狠之類的？」

「那隻狗？」爸說，「不是，當然不是，我是拿走你的恐懼。」

原來那隻狗本來就沒打算凶我，是我太害怕了。沒早點想通這點的我未免太笨。

「還有一次在市區——」

「好了，好了，我懂了。」我說：「可是……好吧，如果你做了這些，不就等於……像你說的，拿走我人格的一部分？」

這句話隱含的另一個疑問是：**如果你沒拿走這些，我會成為什麼樣的人？**可是我問不出口。這個問題太重大，太令人無法承受。

「兒子，我是在幫你的忙。老天，我不知有多少次盼望能偷走我自己的情緒……把那些感覺抹消掉……但沒有任何人幫得了我。冬青不肯打破那個該死的家規，當爸爸的我要求兒子做這種事也不對。那次我被裁員，如果我能消除所有的情緒，你不覺得我早就做了嗎？還有你媽媽離開之後，我的那些感受？你根本不知道你有多好運，白楊。」

我冒出一個可怕的念頭。

「媽走之後，你是不是消除了我的感覺？」

再度沉默，久到我明白了答案。

「兒子，你一向不擅長面對悲傷。」他直白地說：「不要難過對你來說比較好。」

什麼意思，**不要難過**？我有難過啊……不是嗎？我回想媽離家的之後幾週，試著找出某個我覺得難過的時刻……然而，我在記憶中找到的不是難過。我不是出於難過才不接媽的電話，難得有次接起電話還吼她。

「你拿走我的悲傷，」我說：「卻沒有拿走我的憤怒？」

「當然沒有。」爸說：「對你這個年紀的男生來說，憤怒是自然的反應。」

「所以生氣沒關係，」我慢慢地說：「可是難過不行。」

「兒子，重點不在於什麼有關係——」

「不然呢？在於哪種情緒對你來說更好處理嗎？」

又是沉默。又是該死的沉默。

「白楊。」爸嘆道，「兒子。重點在於哪種情緒對**你**來說更好處理。沒有一個爸爸看到兒子痛苦會高興，只是多數人沒有緩解痛苦的方法，既然我有方法，我當然要用了。不然我還能怎麼辦？我是**你爸**，我得幫你。」

「你所謂的『緩解痛苦』，意思是『問也不問就把東西偷走』。」

爸的聲音變小，「我只是想幫你。」

「你不是想幫我。」我說：「你是想讓我選邊站。媽走了，你一邊讓我完全不想和她講話，一邊找我喝威士忌看電影說要增進父子感情，而我只會覺得好耶讚喔，畢竟我對媽的情緒只剩下火大，因為**把我變成這樣的人就是你**。對不對。」

他沒答腔。

嗯，這回答了我的問題。枝枒與藍天籠罩著我，我閉上眼。

「不要再從我身上偷東西，」我堅決地告訴他：「就算你覺得那是在『幫我』。『不從家人身上偷東西』，這條家規存在是有理由的。拜託，這還是你教我的。」

「但你是我兒子，我——」

「我也是**她**的兒子，」我說：「至少在你把她奪走之前是。」

「可是——」

「沒有可是！好嗎？」呼吸。冷靜。呼吸。冷靜。「不准再闖進我腦袋亂搞，永遠不准，我說永遠就是永遠，除非我明確地要你這麼做。可以嗎？」

又是一陣沉默，這次彷彿地久天長。

終於，我受不了了。「答應我你不會再偷我的東西。」

「當然。」他聽起來有些無可奈何，有些受傷。「如果這是你真心想要的，那我當然會答應你。」

我考慮了下要不要叫他發誓不碰我的東西。但我沒必要變得像媽一樣，把共用的家具全帶走。他做了承諾，我相信他，這樣就行了。

「好。」我說：「謝謝。」

「我能不能……呃，問問你怎麼會提起這些？是不是那邊出了什麼狀況？」

對，是有些狀況。我打給他原本是想告訴他布蘭迪的事，說她是怎麼離開的，說我沒阻止她，說我明白他跟媽的事了。可是此刻……我腦中有太多思緒紛至沓來，悲傷、羞愧、其他仍難以名狀的感受，我不希望爸在我釐清那些情緒之前就將這些也偷走。雖然他剛剛答應了我，但積習難改，不是嗎？

「沒有，」我說：「沒什麼事。」

「你確定？」

「嗯……」我閉上眼，把手機更用力往耳朵壓。「其實，她們問我要不要搬來，代替石楠幫忙儀式。」

「……噢。對，我有想過她們會問。」

「我考慮要答應。」

爸不作聲。

「你覺得我該來嗎？」我問。

「我覺得，」他謹慎地說：「你是個很有主見的年輕人。我覺得你會全面地考慮這件事，我覺得……這個嘛，我覺得你不管做了什麼決定，都會是對的決定。」

對的決定。我已經少了一部分自我，怎麼做出對的決定？

不，這樣想就太白痴了，既白痴又小題大作。爸說得對，我該做的是花點時間好好考慮。

「嗯，」我說：「你大概是對的。」

＊　＊　＊

我想過要打給媽。可是剛才得知那些事以後，我根本想不出要跟她說什麼。於是我把手機擱到一旁，坐在草地上，試著思索。

太陽在上空移動，最後，白晝的鮮藍色轉為輕淺的粉綠與紫帶，拖曳在山巒與懸崖上方。

接著，傳來輕柔的腳步聲。鞋底悄聲擦過草地，朝我而來。

「嗨。」莉亞在我身邊坐下，輕推我的肩膀。我在掛掉跟爸的電話之後傳了訊息給她，她答應值完書店的班就過來。「在跟大自然交流？」

「嗯，不算是。」我說，對她微微一笑。「主要是在想，到時的景色看起來會有什麼不同。」

「不同？」

「懸崖垮掉的話。」

「哦。」她說。

我聳肩，調整角度，從懸崖的方向轉去看著莉亞的臉。

「妳知道嗎，其實是我家人。」我說：「不是這整個鎮。石楠在信上說的是這個。萬一懸崖垮掉，它會殺了我們家族，也就是垂柳的每個後代。呃，她跟妳提過垂柳嗎？」

「永生不死的快克家族大族長？」莉亞揶揄地笑，「對，她說過。」

「她問我要不要搬來。」

她的臉一沉。「代替石楠。」

我點頭。

「你想嗎？」她問。

「不知道。」我說：「大概吧。呃，不曉得。我該搬來嗎？」

她微微勾起嘴角，稱不上是笑容。「你傳訊息給我是為了這個？要我給你意見？」

「不是，不是。這個嘛，也算是？其實我不曉得還能問誰。」

「你女朋友？」她說：「等等，對了，你還在騙她。」

「其實沒有了。」

莉亞雙眉倏地挑起，「是喔？」

「她今天早上走了。」我用不帶起伏的語氣說，「看來我是個糟糕、噁心的人，一輩子都不該談戀愛，就因為——」

我喉嚨一哽。

「白楊？」莉亞說，「就因為什麼？」

「因為……老天。她說得沒錯，對不對。是我設計讓她愛上我的。」莉亞瞪大眼睛。「我的意思是，嚴格來說我沒做，但就結果來說是一樣的，不是嗎？我改變了她。我改變了她的自我。」

「等一下，停，」莉亞說，一手做了個冷靜的手勢，「你讓她愛上你？還把這件事**告訴她**？」

「對啊。」我答道，「妳說——」

「我知道我說過什麼！我的媽，白楊，有時候做人也不能太誠實啊，你不知道嗎？」

我幾乎沒聽進她的話。我的人生分崩離析，我所知關於自己的一切正在瓦解，猶如一場雪崩。

「我跟我爸一樣過分。」我的聲音聽起來細微又遙遠。

「你爸？」她說。

我點頭。「我們有個家規，無論如何都不能從親人身上偷走什麼，但他還是偷了我身上的東西，偷走我對石楠死掉的悲傷，對我媽離開家的悲傷。他偷了悲傷，偷了恐懼，卻把其他所有東西通通留下來，結果我一天到晚都很火大，他卻覺得沒關係，生氣很**正常**。只因為我『不擅長處理悲傷』什麼的理由，他就偷走一些東西，留下其他東西，這哪裡正常了？」

「不擅長處理悲傷，」莉亞低聲重複，「不然要怎麼樣？人又辦法擅長這種事。」

「我不曉得。」我說，向前傾，雙手掩住臉。「好像有個諮商師跟他說，以我這個年紀的男生來說，我傷心過頭了。之類的。不知道。」

「所以是怎樣，男生不能傷心？」莉亞說：「你爸希望你變成冷酷無情的機器大男人？是嗎？」

「哈。不是。也可能是。天哪，我不曉得。可是，假如我爸沒偷那些東西，我是不是就不會對布蘭迪做那些事了？我的意思是，誰知道他還偷了什麼？搞不好我真的是機器人。搞不好我沒辦法同理真正的人類。」

「怎麼了，他也偷了你的同理心嗎？」莉亞問。

我想了想。「這個嘛，沒有……至少我不覺得有。不過他拿走不少其他東西，有些正常人會有的情緒我感覺不到。那不就是同理心的來源嗎？」

她微微皺起鼻頭。「可能吧？我猜的啦，我也不知道。在我看來只要你肯試，你也可以跟別人一樣有同理心。也許你需要付出比別人更多的努力，不過……」她攤開雙手，餘下的話不言自明。

「棒透了，」我說：「太讚了。結果我爸偷了我那麼多東西，但我會變成這樣還是要怪我自己。」

「變成什麼樣？」莉亞問。

非常好的問題。我是什麼樣的人？如果爸沒偷走那一切——或是，如果我早知道事實，花心思想辦法彌補不足之處，我會是個什麼樣的人？甚至，如果我從來沒有這種能力，我會是個什麼樣的人？

「搞砸每件事的人，」我說：「莉亞，我真的什麼都搞砸了。」

她對我淺淺一笑。「可能吧。可是你愛她，不是嗎？那個叫布蘭迪的女生。愛常讓人做傻事。」

不過我對她的感情是愛嗎？或者純粹只是很瞎的迷戀？

「我已經搞不清楚了。」我說：「但不只是她，我誰都會偷。比如說，以前席歐會氣我數學成績比他好，我是怎麼做的？我偷走他的嫉妒，再把同學的代數解題能力偷來送給席歐。」

「哪個同學？」

我眨了眨眼。「什麼意思？」

「你偷了誰的數學能力？」

我想了一下。「呃，不確定。」我招認道，「可是重點就在這裡！還有布蘭迪的朋友蘿倫暗戀過我，我對她沒意思，又不想把事情弄尷尬，就把她的暗戀偷走了。還有，我們有個鄰居會在公寓逃生梯種香草，味道很怪，所以我偷走他的記憶，讓他忘記要照顧香草，那些香草就枯死了。還有——」我住了嘴，吸口氣。「妳懂了嗎？我是個爛人。」

我覺得那是我說過最真切的實話。

「喔，是，你好特別，」莉亞說，語氣突然顯得很倦怠。「你是做了很多蠢事沒錯，但**每個人**都會傷害別人，白楊。這種事三天兩頭都在發生，就算沒有什麼詭異的超自然能力，人就是會傷害別人。」

我猛地激動起來，說：「布蘭迪的心智整個被我改了，那個叫傑西的人看不見了，還有——」

「還有你悲慘短命的堂姊在人生最後幾年一個朋友也沒有。誰害的？我。」

「這兩件事哪能相提並論？」我質問，「甚至不在同一個次元。我一輩子都在偷東西，現在終於體會到這有多過分，那我打算怎麼辦？要停手嗎？才不，我反而考慮要**搬來繼續偷更多**。不要說得好像妳們白痴的……朋友吵架有那麼一點類似……」

「朋友吵架，」她輕聲重複一遍，站起身。「對，好。不好意思，你說得對，在這個廣大的世界中只有你最爛，我不該拿微不足道的女性情緒來煩你，應該給你更多空間，讓你沉浸在好偉大的男性情感裡面，思考你把拔怎麼毀了你的人生。」

「不要這樣，」我說，用力閉上眼，「我不是這個意思。」

「對，沒錯，當然不是啦。」

「莉亞，聽著，妳根本不了解我，好嗎？不要這樣。」

「開什麼玩笑？我超了解你。」她雙手扠腰，用過於犀利的目光打量著我。「你就是那種不管發生什麼都覺得錯不在你的人，被甩了就馬上歸咎在你爸頭上。你會從大學畢業，然後馬上寫一本自傳，說現代的二十幾歲年輕人有多辛苦。沒有女人能懂你，所以你也不想懂她們，等你四十歲就會變成酒鬼，五十歲就會開始把票投給共和黨。」

她頓住，似乎在等我出聲反駁。不過說實在，我有什麼可反駁的？更何況，我腦中有那麼一小部分想著，要是我一個不小心，她說的大概都會成真。

「莉亞。」我說，向她靠過去。

她往後退，對我露出皮笑肉不笑的笑容。

「晚點見了，白楊。如果你哪天想買你第一本強納森．法蘭岑的小說，再打來書店找我。」

「別走，莉亞。」我追上去，她轉身走得更快。我跟著加快腳步。我只剩她這個朋友了，除了我的親戚之外，只有她知曉祕密又不會嫌棄我的能力。「莉亞，等等，我很抱歉，別走就是了。」

她站住，卻沒轉過身，也沒說話。這代表我得先開口。

我說：「跟我說說石楠的事。」

莉亞頓了半晌，搖頭。

「我是認真的。」我說：「妳想聊石楠，那就聊吧。」

她轉身再度面對我，強裝的笑容已然消失，只留下疲憊。除了疲憊，也有明顯的疑心。

「你不會想聽的。」她說。

「我想聽。」我說，恍然明白我是真心誠意。「來，坐吧。」

我在草地上盤腿坐下，她躊躇片刻，跟著坐了下來。

「你知道夏洛克・福爾摩斯嗎？」她問。

「知道啊，不是大家都知道嗎？」

但我隨即想起石楠的信，收件人寫了「**僅限夏洛克親閱**」，署名是「**華生醫生**」。

「以前石楠跟我會玩角色扮演，」她說：「我當夏洛克，她當華生醫生。那時候我們才……十歲。嗯，反正就是從十歲開始的。我會戴上獵鹿帽，拿個菸斗，她則是掛著聽診器，拿根木棒走來走去，然後我們一起破案。」

「木棒？」我困惑地問。

「對啊，當手杖，因為華生在打仗的時候受過傷。」她挑起一邊眉毛，像是在說：**哈囉，大家都知道啊**。

「喔，好。」我說：「所以……妳們會破真正的案件？」

「有些是真的，大部分都是我們自己編的。有幾個是真實事件，像是『浴室怪怪綠黏液懸案』。」

「噁。」我說。

「對，真的很噁。我們把採樣裝在瓶子裡，瑞秋帶我們進高中化學實驗室做檢測。可惜我們後來沒破案，因為被莫里亞蒂教授抓到了。」

「莫里亞蒂教授……？」

她露齒一笑，有那麼一瞬間，我彷彿瞥見十歲的她是什麼樣子。「高中的工友。他害我們被處罰，所以他是我們的宿敵，我們才會叫他莫里亞蒂。」

「原來如此。」我說，跟著咧嘴笑起來。

「我們一起讀完整套原著，」她說：「那些亞瑟・柯南・道爾的作品。我們看遍能拿到手的每部電影跟電視影集，相信我，版本多得不得了，五百萬個版本的福爾摩斯、五百萬個版本的華生。好看的，難看的，上字幕的……」她做了個深呼吸，臉色轉趨嚴肅。「然後，石楠偷了我姊姊的聲音——」

「她不是故意的。」我說。

「我知道了啦。」她厲聲說，「的確，石楠不小心偷走了她的聲音，後來我再也不跟她講話。我再也不碰跟她有關的東西，包括福爾摩斯。我把書跟DVD全部送人，改跟莎蒂、傑西他們當朋友。

「可是石楠沒交新的朋友。我是說，沒有生活周遭的朋友，倒是交了很多網友。她的臉書塗鴉牆上常常冒出一堆我從沒聽過的人，都在跟她聊福爾摩斯。我點進他們的個人檔案，那些人通常是來自歐洲啦、印度啦、加州啦之類的，總是些離我們很遠的地方。」

「妳偷看她的臉書？」我說：「明明妳已經不喜歡她了？」

莉亞看了我一眼。「當然啊。重點是，她一樣在追福爾摩斯，繼續看電視影集、電影、同人文什麼的，每隔一段時間，她會……就是……寄電子郵件給我，或在我的置物櫃貼字條，甚至是在走廊上跑來跟我講話。『嗨，BBC播的這個妳會喜歡的。』『嗨，推薦這篇同人文給妳。』『嗨，那頂帽子妳還留著嗎？』諸如此類的。

「剛開始，我盡量委婉拒絕她，笑笑地說『不用了』然後不管她。但她一直跑來，持續了好幾年，到了我不懂她為什麼還沒把這件事忘掉的地步。我覺得她很可悲、很吵又很黏，所以……我開始對她很壞。非常、非常壞。」

「怎樣壞？」我問。

她伸手撥弄著褲管。「就是……會說一些話。我會說她很幼稚，叫她長大一點。

真正難聽的話都是莎蒂講的，散播關於她的流言，嘲笑她是書呆子、孤僻等等，都是莎蒂做的。可是我沒阻止她，只是站在旁邊聽，看石楠變得越來越難過，因為我想，現實生活中沒人喜歡她又沒關係，對吧？反正她還有那些網友啊。」

「永遠不需要跟她見面的網友。」我喃喃地說，蜷起手指包進掌心護著，想起了冬青姑媽。就我所知，石楠的媽媽也是一個朋友都沒有。

「什麼？」莉亞說。

「那些網友，」我說：「他們都離得夠遠，大概永遠不會在五朔節跑來這裡，跟大家一樣在樹下放東西。這樣一來，她永遠沒機會被迫從他們身上偷走什麼。」

莉亞似乎大為震動，有那麼一刻，我以為她又要哭了。「我從來沒想到這個。」

我聳肩。如果我要留在這裡，當個對朋友不體貼的人也無所謂了。

「你記不記得她信裡說，她不是寄生蟲？」

「記得……？」

她僵硬地一笑。「這樣罵她的人是我。就在幾個月前。」

我一縮，「好狠。」

「那時是在學校走廊上，看到的人……嗯，其實每個人都看到了。」她打住，心不在焉地咬住下唇，目光柔和，凝望著遠方。我注視著她咬動牙關。「她可能是想跟我聊某個影集吧，我叫她走開，她不肯走，然後我的理智就斷線了。我吼她，罵她，說她是吸血蟲、寄生蟲，講了各種難聽話。天啊。她那時候的表情……但她只是站在那裡等我罵完，然後……」莉亞勉強對我露出奇異的笑容。「然後她問我，罵了那些話有沒有讓我好過一點。她問我是不是終於能原諒她了，說她還是想跟我當朋友。真是的，你有辦法想像嗎？」

我想起無論我再怎麼不理媽，媽依舊傳給我的那些訊息：**我愛你，我想你，來找我**。

「嗯，」我說：「我想像得出來。」

「我當然覺得過意不去，」莉亞說：「於是我把她拉到旁邊，接著……接著我對她開了條件。要是她能把瑞秋的聲音還給她，讓傑西愛上我，我們就和好。她說不行。這件事就沒有後續了。現在她……」莉亞閉上嘴，咬著嘴脣，低頭看草地。

「嗯。」我說。

「嗯什麼？」

「嗯，滿過分的。」

她勾起一邊嘴角。「就說吧？看看我們兩個，世上最爛的兩個人一起坐在樹下。我們可以組成超級反派組合。」

出乎意料地，我也笑了起來。不可思議的是，聊這些確實讓我覺得好過了點，這不代表我能接受我爸做的事，而是……這個嘛，其實我不確定。不過跟莉亞坐在一起，開開地獄哏的玩笑，一切彷彿沒那麼難熬了。

我嘆了口氣，傾身向後，雙手撐在草地上。莉亞在我身邊躺下。

「我還是不懂，」她說：「為什麼要隱瞞石楠的死訊。」

「哦，」我說：「為了低調過日子什麼的？他們有時候偷走別人的記憶，有時候直接說謊，我滿肯定也有逃稅。」

莉亞皺著眉頭，「對，這些我知道，是為了保護垂柳，對吧？」

「我想是吧。」

「好，他們為了大局選擇隱瞞石楠的死，無所謂。可是為什麼要瞞著我？我曉得探取的能力跟懸崖的儀式，她媽媽本來就知道呀。」

「她知道？真的假的？」冬青姑媽不像是會容許這種事發生的人。話又說回來，最近這陣子，冬青姑媽會做的事也只剩下喝酒跟瞪人了。

莉亞點頭。「為什麼不告訴我？」她眼裡燃起怒氣，「石楠曾經是我最要好的朋友，我有權利知道她早在二月就死了。」

「是啊，」我猶疑地說，「可能吧。」

莉亞站起來，拍拍褲子，說：「走吧。」

「等等，要去哪？」

「我送你回家，」她說，笑容有些肅殺，「我要跟石楠的媽媽聊一聊。」

之前

「為什麼你媽媽老是那個表情？」

石楠這樣問我。我們人在我家公寓，石楠剛參觀完某間藝術學校（她參觀過一堆，可是她都讀完高一了，終究沒轉去這些學校），我爸媽還沒下班回家。

「什麼表情？」

「就是那個啊。」石楠動起五官，擺出瞇起眼的困窘臉色。「這樣。她會露出這個表情，叫我們小心。要小心什麼？」

喔，那我知道她說的是什麼表情了。「偷東西，」我說：「她怕我一碰到什麼，就會不小心偷走東西。」

「天哪，有夠笨的，」石楠說：「當然不可能啊。」

「嗯，這我知道，但她又沒辦法採取，對吧？她只是提醒我而已。」

我記得，當時我也疑惑為何突然想替我媽辯白。她對我的能力小心翼翼，平常總讓我快要抓狂，然而石楠的口氣不太對，顯得十分輕蔑，好像我們比我媽更優秀似的，明明只是不一樣而已。

「有夠笨的耶，」她又說了一次，「她不該這樣大驚小怪的。」

我也同意，至少有一點點。可是在那個當下，我還是想替我媽辯護。

於是我說她應該閉嘴，她哪知道有爸爸也有媽媽的感覺，畢竟她從沒見過她爸。這是小時候她親口告訴我的。

石楠一時之間看起來備受打擊，不過隨即轉而露出不懷好意的笑。「因為我媽觀念正確，」她得意地說：「幹麼跟不會魔法的人結婚？家裡只要有我們兩個人就好了。」

接下來一整天，我都沒跟石楠講話。

隔天早上，她做了只給她自己和我吃的鬆餅，用食物代為道歉，我們就這麼和好了。只是她們來訪的那段時間，我常不由自主想著，石楠對我媽的看法會不會是對的。

第十五章

「冬青姑媽？」我猛力推開前門，揚聲喊道。

她幾乎是馬上奔過來——應該說是快步趕來，左手端著一杯琥珀色的液體，明顯留心著避免潑出來。

「我們還在想你去哪了，」她說，隨即望向我身後，眼神一冷。「妳，滾出去。」

「不要。」莉亞往前一站，下巴微揚，深色眼眸滿是怒火。在這個剎那，我確信只要她想，她跟冬青姑媽單挑絕對不會落下風。

冬青姑媽嚥了下口水，似乎也有同樣的念頭。「不要？」她複誦道，彷彿不太懂這句話的意思。

「不要。」莉亞重複一遍，「我想跟妳談談石楠的事。我想——」

「妳**滾**！」一聽見石楠的名字，冬青姑媽臉色驟變。「竟敢不請自來地走進我家，跟我提起我女兒。別人就算了，偏偏是妳，妳當初……當初……」

她氣得渾身發顫，玻璃杯開始從手中滑落。我一個箭步上前，她還沒意會過來，我便迅速把杯子拿走。

「她沒有不請自來，冬青姑媽，」我冷靜地說：「是我邀請她的。」

「白楊，這不是你家。」她說，瞥了我和她那杯蘇格蘭威士忌一眼，我退開，挪出她能觸及的範圍。

我還來不及答腔，莉亞便插口：「快克太太，聽我說，我只是想跟妳談談，好嗎？」

「是小姐。」冬青姑媽說。

莉亞眨著眼，顯然反應不過來。

冬青姑媽微微冷笑。「不要叫我太太。石楠她爸跟我沒結過婚，不要把我叫成別人的老婆，懂嗎？要嘛叫我快克小姐，要嘛叫我冬青。」

看來她已經灌了一兩杯酒下肚，醉到不在乎自己說了什麼，不過仍清醒得足以保持口齒清晰。

「呃，好。」莉亞說。

「再說，我為什麼非得跟妳談我女兒？」冬青姑媽繼續說，一步步逼近莉亞，目光灼灼。「妳做了那些好事。妳是她唯一的朋友，妳知道嗎？妳傷透了她的心，在妳拋下她之後，她徹底變了個人，妳甚至沒告訴她為什麼。」

「石楠知道為什麼，」莉亞輕聲說，「是因為她在儀式中偷了我姊姊的聲音。」冬青姑媽下巴一掉，不過莉亞接著說：「她不是故意的，她也這麼告訴我，可是我不肯相信她。我對她真的很壞，我知道我應該放下這件事才對，應該跟她和好，跟她道歉。」

「妳……」冬青姑媽沒往下說，看似說不出話來。隨後一陣寂靜，此時垂柳走出客廳，來到前廳。

「請不要在這間屋子裡吵架。」她說。

莉亞完全不理垂柳，繼續說：「現在我永遠沒機會道歉了，我大概會後悔一輩子。」她深吸一口氣，「但有件事我想知道。為什麼妳不告訴我她死了？」

冬青阿姨還沒回答，垂柳便開口：「妳怎麼會知道儀式？冬青，我以為妳女兒把她知道的事都消除掉了，讓她忘掉我們的能力。」

「我……我也是這麼以為，她跟我說她做了。」

「消除……？」莉亞搖搖頭，迸出一聲低笑，「並沒有，我到現在都很清楚**你們的能力是什麼**，謝了。」

垂柳一嘆，「白楊，幫個忙好嗎？不能放任知道我們家族祕密的人在外面亂跑。」

「沒錯，白楊，來啊，來從我身上偷啊。」莉亞的眼神很奇異，我看不出她是憤怒還是單純覺得好笑。她深知我從她身上偷東西會有什麼結果。

「她不會跟別人講的，」我說：「她知道好幾年了，從來沒告訴任何人。」

垂柳微微偏頭，狡黠地對我微微一笑。「白楊，這是怎麼了，突然心不甘情不願的？你也不是沒偷過她的東西。」

「你**偷過**？」莉亞驚懼地望著我，「你到底偷了什麼？」

「我沒偷！」我說，嚴格來說這是實話，可是我不能在家人面前澄清，否則就會洩漏石楠的祕密。「我之後再跟妳解釋，好不好？」

莉亞從齒縫之間吐出一口氣，搖著頭，「你們這些人真的是。」

「喂，」我火氣上來，「什麼叫**你們這些人**？拜託，我那時候又不認識妳。」

「重點不在你當時不認識我，白楊！」她幾乎是用喊的，「你現在認識我了，明明有很多機會可以告訴我！」

「妳出去。」冬青姑媽說了第三遍。

「不要，」莉亞說：「除非妳跟我解釋為什麼不告訴我——為什麼——我們當了那麼久的好朋友，結果我根本沒機會……要是我曉得她生病了，我本來可以……」

啊，這才是她來的真正原因。她不是真心想知道為何要壓下石楠過世的消息，而是想對石楠道歉，她很氣現在來不及了。

垂柳揉著太陽穴，「看在老天的份上，白楊，麻煩你消除這女孩的記憶，送她出去。」

「我自己來。」冬青姑媽近乎低吼，就要撲向莉亞。

我趕在她碰到莉亞前抓住她的手臂，「冬青姑媽，不要。」

但莉亞正慢慢退向門口，「不，你知道嗎，算了。你們說得對，我不該過來，你們全都……都……」

我沒機會得知我們都怎樣，因為莉亞倏地旋過身，走出前門，過了半晌我才回過神來，跟了上去。「莉亞！等等！」我在門前的樓梯喊道，可是她已經走到車道半途，看起來沒有要停下腳步的意思，於是我追在她後面。

「莉亞。」我說，伸手想抓她的手臂。

她甩掉我的手，力道大得讓我的脖子隨之緊繃起來。「不准跟著我。」

「拜託——」

這時她猛地轉身面對我，眼裡冒火，雙手握拳，胸口因各種我無法辨識的激烈情緒而劇烈起伏。

「離我遠一點，」她說：「不要再接近我，聽見沒有？你聽好，我知道你想跟我當朋友只是因為……天曉得，因為你沒辦法從我身上偷東西，我猜你覺得很安心什麼的。但就算你害不了我，你也已經害了我最要好的朋友之一，我人生中最重要的人之一。我受夠你們這個白痴家族了，我真的受夠了。」

我張口想回答，卻一個字也說不出來。

莉亞再度轉身走開，坐進她媽媽的車，點火發動引擎時彷彿用力多轉了幾下，然後開走了。

我呆看著她遠去。就這麼結束了嗎？她真的不想見我了？

「我去找她。」冬青姑媽說，原來她也追著我跑到車道上。

「那就好。」垂柳說，她站在我的另一邊。「想到那女孩什麼都知道，我就受不了——」

「媽，我不會偷她的任何東西，可以嗎？不要再提了。」

垂柳連眨好幾下眼，似乎有些震驚。

我問：「妳打算做什麼？」

「跟她談。」冬青姑媽簡潔地說。「雖然我不想承認，但她說得沒錯。在這個鳥不生蛋的鎮上，只有她對我家石楠來說是真正的朋友。應該讓她……石楠會希望……

「對。」我說，伸手遞出袖子給她。「妳拿吧。」

冬青姑媽的手指在我的衣服上停留數秒，只夠她從我身上取走一些清醒，好讓她有辦法開車。接著她套上涼鞋，抓了車鑰匙便上了路。

「你喜歡那女孩嗎？」垂柳說，驚得我一跳。「莉亞．拉姆齊—沃夫？」

「嗯……對啊，算是吧？不過她，呃。妳也聽到了。她根本不喜歡我。」

垂柳點頭，輕碰我的手肘，我猜大概是要表達她明白我的感受之類的。「布蘭迪會走，是因為你把實話告訴她了，對不對？」

「妳怎麼曉得？」我問。

她憂傷地微笑。「這麼多年來，同樣的事我見多了，我看得出徵兆。她迴避視線，而且不肯吃過早餐再走。冬青探進她的心智，證實的確是如此。當然，她馬上取走了布蘭迪的記憶——」

「她什麼？」我說，整個人頓時精神都上來了。我沒阻止她跟我分手就是為了這個，就是因為我知道記憶被偷有多難受，我不希望布蘭迪也經歷相同的事。

垂柳看似有些驚訝。「她消除了布蘭迪的記憶。放著知道祕密的人在外面跑來跑去可不行，是吧？」

「但是……」

「如果你是在擔心的話，冬青做得很小心，確認過沒有意外拿走其他什麼。」

我點頭。起碼她沒偷走別的東西。「那她就不會記得跟我分手的原因了。」我說。

垂柳聳肩，「我想她會用自己的一套故事來填補記憶，人的心靈在這方面是非常有彈性的。」

也對，像爸偷了我對親生奶奶的記憶，結果我誤把垂柳當成奶奶來填補空白。

我一聲嘆息。

「不過，」她說：「你要知道我很為你覺得可惜。她是很有魅力的女孩。」

「很有魅力，」我說：「是啊。」

「怎麼了嗎，白楊？」

「我只是……我偷了她那麼多東西。我拿走她對我所有不好的看法，以及她對席歐一直冒出來的新感情，我……我本來甚至不覺得這樣做有哪裡不對，妳知道嗎？」

她笑了，「你擁有罕見的天賦，想運用這份力量是再正常不過。」

再正常不過。

就好像我這年紀的男生面對母親離開家，憤怒是正常的，傷心是不正常的。

「可能吧。」我遲疑地說……下一秒，思緒陡地煞車。

垂柳的手。她仍摸著我手肘部分裸露的皮膚。昨天她的手仍在打顫，此刻卻毫無異狀。

哦。

哦，天。

「奶奶——呃，垂柳？」

她對我微笑，「你想要的話，繼續叫我奶奶也可以，你決定就好。」

「嗯，」我說：「那天晚上，妳說妳……就是，妳的手在抖。可是現在……」

我朝她放在我肘關節上的那隻手點了點頭，她將手抽回，說：「就是時好時壞的。」

疑心緩緩增長，化為更驚人、更可怖的猜想。

「怎麼會？」我強迫自己開口問，「時好時壞確切來說是什麼狀況？」

「我也不清楚，畢竟我沒辦法跟同齡人互相比較。」她用清明的目光注視著我，「為什麼要問？」

「因為布蘭迪。」我說：「我們昨天偷了她的東西來修懸崖。」

她想了一下，「對，那個特別的手環。她怎麼了？」

「她……她的手會抖。」我說：「她說是從昨天在湖邊的時候開始抖的，我治不好她。」

垂柳挑起一邊眉毛。

我接著說：「妳的手是不是從昨天開始不會抖了？」

一陣默然，然後垂柳點了頭。她凝視著我的臉，慢慢點頭。

「那些都是給妳的，」我說，用力按住忽然僵得要命的後頸，「所有額外的東西。那些不是要給懸崖，而是要給妳的。」

「額外的東西，」她複述一遍，語氣出奇平淡。「比如說什麼？」

「昨天，我只是從布蘭迪身上拿走幾個雀斑，我真的只拿了這些，可是懸崖卻偷了別的。還有——還有妳的眼睛！」我指著她說。

「眼睛？」

「我剛到鎮上的時候，一直到我們舉行第一次儀式之前，妳的視力都——我是說，我有一次甚至看到妳用放大鏡看書。」

她點頭，「我記得。」

「儀式結束之後，」我說：「莉亞的朋友傑西就**看不見了**。我做的第一個儀式，就在當天晚上。妳的視力是在那時候變好的。然後還有——」

石楠。還有石楠。我差點衝口而出，然而就在這個當下，我意識到情況不對。我正把這一切告訴垂柳，她邊聽邊點著頭……臉上**帶著笑意**。我十歲那年初次完成三位儀式的時候，她也是這樣笑。

她彷彿很以我為傲。

「喔，」我說：「妳已經知道了。」

垂柳露出和藹的笑容，用溫暖的手掌捧著我的一邊臉頰，雙眼閃著喜悅的光芒。「白楊，親愛的，我當然知道。看你多麼聰明，這麼快就想通了。連冬青到現在都還沒發現，老天祝福她。」

「我想也是，」我說：「要是她發現，她就知道石楠會死是因為妳了。」

「你說……什麼？」垂柳說，和藹之情從眼中消失。「可能是我聽錯，但你剛剛的意思好像是我殺了人。」

「不是，天啊，不——不算是**殺人**，可是——可是她的肺——她——」

「深呼吸。」垂柳說。從她的臉色看來，我明白自己非聽話不可，於是我深呼吸。「好，解釋給我聽。」

我依言照做。我解釋石楠為了保護莉亞創造反彈作用，沒想到引火上身，懸崖改從石楠身上偷走東西，大概是為了治好垂柳功能衰敗的肺。「我猜對了嗎？」說完我問，「妳本來沒辦法好好呼吸，後來差不多在石楠過世的時候又好了？」

垂柳緩緩點頭，表情沉痛，讓我相信她是真的不知道。「可憐的孩子，」她悄聲說：「可憐的傻孩子。」

「傻？」我忿忿不平地說，「她都**死了**。」

垂柳苦笑，「就算死了，傻子一樣是傻子。」

我渾身僵住，用手按住後頸。我這輩子從沒聽過這麼冷酷無情的話。

「也許吧。」我慢慢地說：「只是……難道妳不覺得……我不知道，不會內疚？」

「不是我害她死的，是懸崖。」

「對，但懸崖是**為了妳**啊。」我反駁。

「的確如此，」她說：「相信我，如果有辦法，我絕對不會選石楠。白楊，你也知道的，我重視家族勝過一切。」

我點頭，這我確實明白。可是她這態度未免太鎮定了點，明明才剛得知她不曉得第幾代曾孫女是因為自己才會死。

「你好像有點煩躁。」垂柳說。

我從鼻孔嗤了一聲。煩躁，要這麼說也沒錯。

接著她說：「你這是怎麼了？」

「嗯？」

「你在按摩脖子，」她邊說邊模仿我的動作，「從你到這裡來之後我老是看你這麼做，你知道我看了多少次嗎？」

我停下來思索。「不知道，大概很多次？」

「為什麼要這樣？」

這個嘛，現在幾乎變成習慣了。不過要說為什麼會養成這個習慣……

「舊傷，」我說：「在我……十歲還是十一歲的時候出了個車禍，只是個小意外，可是我得了滿嚴重的拉傷。」

「可憐的孩子。」她低聲說。

我聳肩，「還好，偶爾會發作，但沒差。」

「十或十一歲，」她沉吟道，用一隻手指輕點嘴脣，「你父親怎麼沒把你治好？」

「他有，」我說：「原本痛起來超機——超痛的，不過他用採取拿走疼痛，直到傷口痊癒為止。」

她瞇起眼思考。「但一直沒有徹底治好，是不是？他只是拿走拉傷的症狀，而不是拉傷本身。所以就像你說的，你的脖子還是一樣偶爾會**發作**。」

我在兩腳之間變換重心。我從沒認真想過這件事。「嗯，對。可是……」

「沒有可是。跟我來。」她轉身，從車道走向樹林。

「要去哪裡？」我問，小跑跟上她迅捷的步伐。

「去五朔節神樹。」

我們穿越樹林，垂柳矯捷地閃避石塊與樹根，我則忠實地緊跟在後，直到抵達草原。我立刻有種……不是既視感，沒到那麼強烈，只是有種感覺，彷彿一切都在反覆循環，最終總是回歸原點。

這感覺不怎麼好。

「嗯？你不過來嗎？」

垂柳的聲音嚇了我一跳，我才意識到自己停在草原外圍，而她已經快走到神樹的位置了。我跑過去追上她。

我們站的地方，恰恰是不久前莉亞和我一起坐過的地方。垂柳用銳利的目光掃視環繞樹幹的物品堆，過了好一陣子總算開口：「選一樣東西吧。」

「我？」我說，「不是應該由妳跟我說要找什麼嗎？」

她微笑，「白楊，這不是要給儀式用的，是要給你用的。選個東西吧，什麼都行。」

我胃裡糾結起來。在內心深處，我明白接下來會發生什麼、她要叫我做的是什麼，可是我沒辦法面對，至少現在沒辦法，那太重大了。所以我姑且照她說的做，拿了映入眼簾的第一件物品，是一本鮮藍色的精裝書，書封題著《哈迪兄弟》。

「這可以嗎？」我問。

她點點頭，「拿過來。」

我把書拿給她，她花了點時間端詳。「嗯。」

「嗯？」

她抬頭看我，「探進去，看看書主人的脖子健不健康。」

我終於面對事實。她要我治好自己。

治好自己的方式，基本上就是把頸傷轉移給別人。

我嚥下口水，「這樣不好吧。」

垂柳輕笑，那笑聲令我意識到自己反駁得多麼無力。她說：「哦，白楊。」

「哦怎樣？」我抗拒著雙手抱胸的衝動。「我才剛發現我堂姊會死是因為妳一直治好自己，妳又要我做同樣的事？」

「差得遠了。」垂柳說，口吻平靜得讓我想砸東西。「我只能仰賴懸崖治癒我身上出了問題的部位，卻不能控制懸崖選擇要從誰身上偷。你就不一樣了，你能選擇要拿走什麼，以及從**誰**身上拿。」

的確是。

「何況，」她繼續說：「你的拉傷也不是什麼大事。你跟拉傷共存了這麼多年，也許是時候交給別人承擔了。」

我不知不覺點起頭來。「再說，這也不算是真正的殘疾，對吧？」我說：「只是會有點煩而已。」

「就算是真正的殘疾，」她說：「人總會學習與殘疾共處。拿你的視力來說，我知道你會戴那種隱藏的眼鏡——」

「隱形眼鏡。」我笑著糾正她。

「喔對，那種眼鏡。如果你要承擔避免懸崖崩塌的責任，總要有良好的視力才能履行義務，你不覺得嗎？」

我皺起眉來。只要戴隱形眼鏡或一般眼鏡，我的視力是沒什麼問題。話雖如此，等我年紀大了，視力八成會衰退……

她湊近我，摸著我手上那本書的邊角。「白楊，你可以像我一樣，隨著時間過去替換掉身上每個部分。但你能用自己的方式去做，你能選擇要從誰身上偷，以及要保護誰。」

替換掉身上每個部分。我可以療癒身上此刻所有的傷，跟未來可能會有的傷；

隨著我年齡漸長，我可以避免身體日漸衰朽；我可以……

可是我仍花了好一陣子消化這個念頭，等我再度開口時，音量十分微弱，語氣幾乎是驚懼：

「妳是說，我可以永遠活下去？」

垂柳稍稍偏頭，動作非常細微，目光熠熠。「我是說，」她說道：「你首先該做的，就是探進那本書，把拉傷換成更好的東西。」

我渾身幾乎要發起抖來，皮膚搔癢，彷彿我這肉身突然顯得太大，或是太小。我既感到飄飄然如醉如夢，又自覺神智無比清晰。

我探進書內。

這次，我在表層只逗留了片刻，確定我不認識書的主人。確定之後，我略過所有事物，不去管那些表層的情緒與顯著的人格特質；我初次探進某個人的心智時通常都會注意到這些，但我現在不想去看。我只是想著**脖子**，隨即找到目標：健全無恙的頸部。

我謹慎地動手，用意念包覆住那人頸椎彎曲處的健康活力，取走一小塊，留下足夠的分量，好讓他仍有辦法——我是說，讓他依然撐得起頭部……然後，我使勁一拉。

我將之拉出，吸收進自己的體內。

隨後，不知多久以來，我的脖子頭一次感到

舒服

自在。

彷彿多年來我壓根沒注意到頭上頂著一個鐵塊，如今鐵塊倏地消失了。我的頭無比輕鬆，甚至有點暈眩，我差點哭出來。

「天啊。」我悄聲說。

「好點了？」垂柳問。

我伸出手指輕觸頭部下方，一路向下摸去。「我……我根本不曉得可以這麼舒服，我不知道要怎麼形容，我……」

「不需要形容，親愛的孩子，」她慈祥地笑道：「我比誰都明白那種感覺。趁天還沒全黑之前回家吧？」

回到屋裡，垂柳領著我來到二樓，拉下通往閣樓的梯子。「儀式用過的東西通常是由冬青來收拾，既然她不在，你能幫個忙嗎？看哪個箱子還有空位，把那本書放進去就行。」

我以前去過閣樓，在我跟石楠還小的時候，她曾經帶我上去，讓我看看她在儀式中用過多少物品、她偷過多少人身上的東西。那時，我覺得閣樓簡直像是連續殺人犯的紀念品收藏室，不過石楠跟我保證這是家族傳統，所以沒問題。然而此刻我盯著那層層疊疊的紙箱，裡頭塞滿別人的各種玩意，當初的第一印象迅速回歸腦海，令我只想盡快離開這個地方。

於是我打開最靠近樓梯的紙箱，打算把《哈迪兄弟》那本書扔進去——可是在箱子裡的物品堆最上方，擱著曾經屬於莉亞的書：《巴斯克維爾的獵犬》。

我沒把《哈迪兄弟》丟進去，反而從紙箱中拿出《巴斯克維爾的獵犬》，帶著兩本書回到石楠的房間。

那天晚上，在我靜待睡意降臨時，我用手指來回撫摸《哈迪兄弟》的書脊，好奇我偷竊的對象是怎樣的人。我努力拋開好奇心，想要入睡。

可是過了半晌，我想起不久前在五朔節神樹下，莉亞・拉姆齊——沃夫對我說了這句話：

在我看來只要你肯試，你也可以跟別人一樣有同理心。

她指的就是這個。我能不能試著同理別人，我究竟是個機器人還是普通人，就取決於這一刻。我可以探進《哈迪兄弟》這本書，了解我偷竊的對象是什麼樣的人，也可以把書放到一旁，告訴自己那不關我的事，像我一直以來所做的那樣。

我探進那本書。這次我放慢動作，好看清我第一次忽略的那些事物。

首先，我偷取的對象不是男生，是女的。年紀很輕，其實只比我大了幾歲，在一所離三峰鎮不遠的州立大學攻讀數學，每隔幾週會回鎮上一趟看看家人。她喜歡狗，討厭貓，愛吃花生醬冰淇淋但瞞著別人。瞞著別人，是因為她極其注重健康。極其注重健康，是因為她是體操選手。

噢。

我在這逗留片刻。接著又停了好一會。

這女孩是體操選手。我害她脖子拉傷了。

之前

我不太記得那天晚上我媽確切是什麼表情。我只記得雖然我當時才四年級，但她看起來並不以我為榮。會特別注意到這點，是因為其他人都滿臉驕傲之色，像是樂到要飛天了，包括我爸、冬青姑媽、奶奶，甚至連石楠多少也是，唯獨我媽沒有。

「一次成功！」奶奶說，拍著我爸的肩膀，冬青姑媽熄掉壁爐中的火。「安迪，你當時可沒這麼快吧？」

「我好像試了大概十次，」爸搖著頭說，「不過人總要有希望，對不對？自己的小孩搞不好會青出於藍。」

我記得媽的臉一沉。我記得她一句話也沒說，儘管她看起來很想說點什麼。

「石楠，是不是很棒？」冬青姑媽說：「白楊可以幫忙我們的三位儀式了。」

「嗯哼，」石楠早已熟練地換上不感興趣的神情，「但我還是做得比較好。我可以去騎腳踏車了嗎？」

「外面天都黑了，親愛的。」冬青姑媽說：「我們可以明天出發前去騎車，好不好？」

石楠悶哼一聲，雙手環胸怒瞪著我，彷彿太陽下山是我害的。我知道她其實是氣我那天晚上搶了她進行儀式的位置，於是我對她咧嘴一笑，盡可能把牙齒露出越多越好。她的表情更加惱怒。

「媽，叫白楊不要趁我不在的時候睡我的床。」

（她們隔天要去尼加拉瀑布度假一個星期，這段時間由我爸跟我來協助儀式。我媽也跟來了，這樣一來，要是奶奶判斷我還不到能做三位儀式的程度，她就能帶我回紐約市。）

「我才不要睡妳那張白痴的床，」我說：「誰知道妳身上有什麼臭蟲。」

「白楊，不要這麼沒禮貌。」媽溫和地說。打從火焰變色以來，這是她首度開口講話。

「對啊，白楊，」石楠尖著嗓音模仿，「要對我有禮貌。」

「夠了，」冬青姑媽疲憊地說：「石楠，我們去把行李收完。」

「可是我的床——」

「他們會睡客房。走吧，上樓去，明天我們要出遠門呢。」

冬青姑媽輕推著石楠離開客廳，石楠朝我吐舌頭，不過我再次對她露齒燦笑。

「嗯，這下能放心了。」奶奶說，坐進椅子，仰頭對我爸媽跟我微笑。「要是小白楊沒成功，我可就麻煩了。真是幸運，他很有天分。」

「的確很有天分。」爸說。

「你拿了什麼？」媽問，我過了片刻才意會到她是在問我。

「做儀式的時候嗎？」我問，她點頭。「喔，那個人怕蛇，我讓他不會再怕了。」

「恐懼是很強大的，」奶奶點著頭說道：「很好的能量。他做得真好。」

「看吧，安妮？」爸說：「懸崖沒垮，我們白楊還把別人的人生變得更好了，大家都贏。」

我後來才想起，當時他的語氣萬分懇切，好像非常、非常希望我媽認同他的話。媽從沙發站起身來，握在手中的鑰匙鏗鏘作響。「白楊，你確定不跟我一起回家？」

「妳現在就要走？」我說：「我以為妳會住到明天。」

媽遲疑了一下。「明天是星期天，路上會塞車。現在時間比較晚，我大概只要幾個小時就能開回市區。如果你想的話，還是可以跟我回家。」

這裡的火會變藍，用肉眼就能看到我偷的東西，大家還會稱讚我很有天分。除了這裡的人之外，沒人曉得我有這種天分。

「才不要，」我說：「我想一輩子留在這裡。」

第十六章

那晚我第一次醒來，是被前門關上的聲響吵醒。冬青姑媽回來了。我跑下去找她。

我問：「妳跟莉亞談過了嗎？」

「嗯。」她說，避開我的視線。聽起來比較像是肯定，而不是否定的意思。

「她怎麼說？」

冬青姑媽嘴角一抽，一手扶著樓梯扶手，像要穩住身體。「她說了……很多事。」

「哦，那**妳**怎麼說？」

她嘆了口氣，總算迎上我的目光。「我說我原諒她。她也給我看了你找到的信。」

我過了半晌才明白她指的是什麼。「石楠的信？」

「你為什麼不拿給我看？」講到最後一個字時，她嗓音一啞。

「我沒想到——我是說，她是寫給莉亞的，所以我覺得——」

「我女兒為了救她朋友而死，」冬青姑媽說：「她是個英雄。她犧牲了自己的性命，雖然她不想死。我有權利知道真相。」

只是，她依然不知道真相。不是完整的真相。她根本不曉得懸崖會換走別人身上的健康部位，好延續垂柳的生命。

我點起頭來。她確實有權利了解石楠究竟是怎麼死的，了解完整的真相。在這世上，唯有我能把真相告訴她，因為在這世上唯有我知道。

「冬青姑媽……」

不過，我還沒想好該怎麼往下說，她便開口道：「白楊，永遠不要生小孩。既然你曉得我們家族流著什麼樣的血……不要把這種血統傳承下去。我們都不該把它傳承下去。」

我皺起眉頭，想到被我偷了東西的體操選手。「那誰來避免懸崖垮掉？」

「誰也不要。」她說。

「不行啦，說真的……」

「這一切已經持續太久了。三位儀式，整個家族被這些瘋狂的事情綁住……實在是太久了。」

「總比死掉好。」我說。

她搖頭，「比較好嗎？關在這間房子裡，自己一個人孤零零的，除了你根本不喜歡的同事之外沒有朋友，只有家人了解真正的你，了解你的能力？我可不敢說這比較好。」

「妳不是自己一個人，」我說，接著頓了一下。「我是說，妳不用孤零零一個人。只要妳想，還是可以交朋友。」

冬青姑媽抿緊嘴脣。

「我就有朋友啊。」我說。

「是啊，」她說：「那個一知道實情就離你而去的女朋友，還有那個跟她一起走的男生。」

我雙頰發燙起來。「這個嘛，我還有莉亞。」

冬青姑媽久久注視著我，然後極為輕柔地說：「是啊。」

「我說真的，要是妳覺得懸崖的事不能再繼續了，妳幹麼還要做？」

一陣默然。隨後冬青姑媽笑起來，那笑容顯得有點虛假。

「因為要是我不做，她只會換別人來做。」她說：「每個人都是可以取代的，連我的寶貝女兒也是。我可憐的女兒。」

我還沒答腔，冬青姑媽就走了，穿過廚房，進了她的臥室。過了一會，我聽見酒瓶輕敲玻璃杯的細微聲響。我逃上樓，找到手機，傳了條訊息給莉亞：

我有東西要給妳，明天過來一趟？

她沒回覆。

第二次醒來，不是被門吵醒，而是由於手機在床頭桌上震動，那張桌子恰好就在我的頭旁邊。是莉亞的訊息，她總算回我了。

我打開來看。

幹麼？你也要在我身上哭好幾個小時嗎？

冬青姑媽哭過？我的老天。

不不不不，我輸入回應：**只是要給妳東西。妳明天下午有空嗎？**

莉亞：**沒**。

我：？？？

莉亞：**我沒空**。

我：**如果妳要上班，我可以帶去書店**。

莉亞：**拜託不要**。

我：？？？？？

莉亞：**拜託不要來書店**。

我：**好，是怎麼了？**

莉亞：**我以為我講得很明白了。我受夠你們這些人了，就這樣**。

我：**莉亞，拜託。**

莉亞：**除非你找到讓傑西恢復視力的方法。**

我：……

莉亞：……

我：**妳知道沒辦法。那不可能。**

莉亞：**幫我個忙，也算是幫你，好嗎？把我的號碼刪掉。**

我沒再回覆她。但我也沒刪了她的號碼。誰知道，她可能只是一時生氣，終究會氣消，到時我們就能和好了。

可是或許不會。當初石楠不肯按照莉亞的要求使用魔法，莉亞於是跟她絕交，直到得知石楠的死訊才心生愧疚。我又沒死，她沒理由要對跟我絕交感到內疚。

我放下手機，擱在我替莉亞保留的兩件物品旁。一件是《巴斯克維爾的獵犬》，一件是傑西的獨臂蝙蝠俠。

傑西。莉亞要我幫他，當作和她維繫友誼的代價。

說實在，我也想支付這個代價。我之所以沒探進某個完全不認識的人，把視力偷來送給傑西，純粹是由於我**辦不到**。對，我做了會有罪惡感——但管他的，我明知把頭傷轉移給別人會讓我內疚，最後還不是做了？因為……

對，因為我選擇要做。不管垂柳再怎麼合理化這種行為，不管我再怎麼想把問題怪到我爸頭上，真正動手的人都是我。就是我。一如我三番兩次從布蘭迪身上偷東西。

我也從席歐身上偷。也從其他同學身上偷。也從陌生人身上偷，數量多到我甚至記不清了。

假如我繼續走這條路，這條由垂柳鋪就、由我爸塑造、我從未質疑過的道路，還會有多少人受害？

當然，我可以罷手不偷。我可以逃離三峰鎮，回到布魯克林，發誓再也不從任何人身上偷東西——可是，正如冬青姑媽所說，垂柳跟冬青仍會找來別人做三位儀式，搞不好是海芋姑媽，也搞不好是其他人。無論是誰，一切終究不會有多少變化。

做出改變的不能只有我。必須促成更大的改變。

但要改變什麼？

第三次醒來，是因為我做了個夢。我在腦中從頭到尾見證了一次三位儀式，前往神樹的路途、神樹下、那些禮物、樹葉、爐火。

還有，火中的石塊。

屬於懸崖的那一小塊石頭。

我掀開棉被，來到房門前，慢慢開門，免得發出吱呀聲。我不想吵醒任何人。

我下樓，滿月照亮我前行的路。

少了劈啪作響的火焰，客廳的壁爐看起來平凡得出奇，似乎有點小，而且需要做點修補，先前我從沒注意到這些。我在爐前跪下，堅硬的地板抵得膝蓋發疼。接著，我搜尋那個說不定能救我們的東西：藏在柴堆中，那一小塊來自懸崖的石頭。

懸崖不只是一堆石頭而已，而是有意識的生命，會飢餓，會偏好特定的能量，會做交易，會威脅。老天，懸崖甚至將**魔法**賦予我們家族，好讓它繼續生存。

如果懸崖是有意識的生命，就代表我能對它使用探取。

我推開焦黑的木柴，碰觸石頭，尋找破口，不到一秒便找到了。進入時，感覺跟探進人類或動物的心智不太一樣，比較……該說狹窄？而且彎曲盤繞。

儘管如此，我仍用意念探了進去，卻發現一堆跟懸崖毫不相干的事物。關於火的記憶，雨和樹葉的觸感，總是獨自佇立的感覺，受人注視的期盼，以及對垂柳的記憶，對冬青姑媽的記憶，對石楠的記憶，對海芋姑媽的記憶……對我的記憶。

石頭曾屬於懸崖，這點無庸置疑。但這也代表它如今已經不屬於懸崖了，而是屬於儀式。石頭中容納了太多回憶、感受、特質，有些來自神樹，有些來自壁爐，有些來自我們家族，根本不可能從中梳理出懸崖的部分。

我從石頭中收回意念，把木柴整理好，往後蹲坐在腳踝上，拍掉手上的煤灰。

假如我真的要做，假如石頭果真已經不屬於懸崖，那在這個客廳中——在這棟房子中，沒有任何東西能夠幫我。假如我真的要做，唯有前往源頭。

我必須直接去懸崖。

冬青姑媽把車鑰匙掛在門邊的掛鉤上。我拿了鑰匙，套上鞋子，奔出去發動汽車。汽車引擎聲彷彿比平時大了四十倍，但沒辦法，就算我把誰給吵醒，起碼我會先拉開很長一段距離。

我走了七月四日那天的路線，停進那天晚上大家停車的空地，在那裡，本來還算平坦的地面開始明顯變陡，樹林也密得無法再往前開。剩下的路得用走的，不過沒關係，我帶著手機，手機上有手電筒。

越往前走，道路越是陡峭，而且真的有夠冷，所以我試著用更快速度向上爬，身手矯健地避開大石、繞過寬闊的樹幹——可是後來我差點在一條小溝滑倒，因此又放慢速度。我氣喘吁吁。沒錯，擅長爬山的人是席歐，不是我，我得更小心些。

不知熬了多久，我終於來到崖頂。上坡在這裡轉換成較為平緩的草地，我們先前就是在這裡看煙火。我能看見草地的盡頭，再多走一步就會墜崖喪命。

我跪下來，雙掌按進草叢，閉上眼，感受每根草莖的形狀。我移動雙手，不斷尋覓，直到……找到了，破口。狹隘、蜿蜒、凹凸不平，和人類相差甚遠，讓我有點害怕。

但終究是破口。

然而，順著這條路徑前進，就像是在堅實的石頭內部硬是鑿出一條通道。我心臟狂跳，感覺得到頸子、胃部、大腿、手臂緊繃到了極點，隨時繃斷也不意外。然而，我非成功不可。別無選擇。

我更用力往前推，指甲、眼珠、骨骼都開始生疼，心裡猜想我會不會在突破之前就整個人爆裂——

然後，我辦到了。

石塊鬆動，我闖了進去。

我喘息著長吁一口氣。

這個感覺跟進入另一個人的心智不太像，雖然我本來就不覺得會一樣。人（甚至是動物）的心智由許多層次構成，包括了思緒、人格特質、精神狀態、記憶，以及多不勝數的各種事物，但懸崖則……單純得令人詫異。

其實，在我定下神仔細一看時，只分辨出三樣不同的東西。

首先是一團空洞的飢餓感。沒什麼好驚訝的。

其次，是一段鮮明得刺人的記憶。一對與我年齡相仿的少年少女，傾身湊在他們升起來的火堆前。

是梣木跟玫瑰，也就是垂柳的孩子。我會認出他們，一個原因是他們手上拿的東西（少女手中是玫瑰花瓣，少年手中是梣樹樹葉），另一個原因是我**認得**他們。因為懸崖知道他們是誰。

地上滿是亂石，一路延伸進山谷內，他們跪在其中的一塊大石上，懷著迫切的心情做了交易，施展魔法。

在這段較大的記憶中，交織著一系列小而零碎的記憶，不是圖像，也不是感受，而是介於兩者之間的東西。誕生的感覺。許多小碎塊合而為一，無生命之物驟然獲得生命。

我恍然明白眼前情景的意義，呼吸乍停。

碎塊合而為一，無生命之物驟然獲得生命。在垂柳的兒女升起火堆使母親復生之前，懸崖不過是個特殊地貌而已，不過是成堆的石塊、泥土加上各種山上可見之物。此刻，這些東西卻化零為整，成為遠比所有元素加總起來更為複雜的個體。

玫瑰與梣木所做的不是喚醒懸崖，因為懸崖沒有沉睡過。如果沒有意識，是沒辦法沉睡的。是垂柳的孩子**賦予**了懸崖意識。

接著，我看到第三樣東西：一張纖細到幾乎看不清的蜘蛛網，將懸崖連結至五朔節神樹——也連結至垂柳的血親。

正是這個東西，讓垂柳能夠感知到何時需要餵養懸崖。也是這個東西，讓懸崖能在崩塌時殺了垂柳的所有子孫，拉我們陪葬。

我閉上眼呼吸，穩住雙手，用意念抓住這片細緻的連結，小心翼翼確保每條線都在我掌握之中，以便將連結切斷得乾淨俐落。

到此為止。從現在起，我的家族不再需要侍奉這個只為填補飢餓而生的存在。從現在起，我們都將解脫。

照我說，我根本就是個超級英雄嘛。

我深吸一口氣，做好偷走連結的準備，然後——

「白楊。」

突如其來的聲音讓我嚇了一跳，把我從懸崖的意識中拉出，我雙手亂揮，免得失去平衡。

是垂柳。

她身穿淺色浴袍，配上卡駱馳牌的鞋子，看起來沒有動怒，也沒走近我，只是站在那裡注視著我，面露微笑。

「你的脖子感覺怎麼樣？」她問。

「呃，很好啊？妳怎麼知道我在——」

「白楊，親愛的，我可不笨。不然你會在哪裡？」

我閉上眼，長吐一口氣。

「我只是——」

「不用解釋。」這時她才朝我走來。不是像要阻止我那樣用跑的，也不是像對我戒慎恐懼那樣慢慢靠近，而是普通地走過來，彷彿今天是個平凡的夜晚，我們不過是兩個平凡人，做著再平凡不過的事。「我明白你想做什麼。」

我站起身，至少這樣一來我會比她高。

她越走越近，輕淺的月光柔和地照亮她的臉，那是張如祖母般慈藹的臉龐。

「白楊，」她說，笑容盈盈，滿載著溫暖與理解。「你覺得你是第一個質疑的人嗎？」

我愣愣看著她。這是激問語氣嗎？我分不出來。

可是我仍開口回答，免得她是真心提問：「嗯，畢竟儀式照樣舉行得好好的，也許我真的是第一個。」

「很合理，」她說：「不過你想錯了，你遠遠算不上第一個。在快克家族中，你甚至不是第一個想過要與懸崖切斷聯繫的人。」

我不是第一個？

我問：「那為什麼懸崖還在？」

「因為，」她說：「雖然你不是第一個想到的人，但在我的後代中，你是第一個力量強到有可能成功的人。」

我的後代。這是在提醒我：我屬於她，要不是有她，我的力量、魔法甚至是生命都不會存在。

「白楊，你的魔法十分驚人。」她說了下去：「我真的從未見識過這樣的力量，是這麼強大，這麼精準。不過你應該知道吧？我現在能活著，全靠這份連結。」

我皺起眉。「我以為它只是讓妳長生不死而已。妳還是能活下去，不是嗎？妳只是會變成普通人。我們都會變成普通人。」

她挑起一邊眉毛。「你真的想要這樣？變普通？」

「想！」我說：「老天，很想。」

她的臉色頭一次冷下來。「那我們其他人呢？白楊，這件事不是只牽涉到你。」

「那就是重點啊，」我說：「我以為——」

「你以為你可以不問一聲，就把我們其他人的人生搞得天翻地覆？」她繼續以穩定的步伐走向我，「想想你冬青姑媽，白楊，她人生中唯一的意義就只剩儀式了。」

「不對，是儀式把她困在**這個鎮上**，」我說：「在這個她女兒過世的鎮上。要是能離開這裡，妳不覺得她會比較開心嗎？」

「或許吧。」垂柳說：「可是剩下的人呢？白楊，我生了兩個孩子，他們各自生兒育女，那些兒女又繼續傳宗接代，全家族超過數百人，散布世界各地！把他們的能力奪走，難道他們每個人都會比較開心？」

「我怎麼知道？」我說：「大部分親戚我連見都沒見過。」

「一點也沒錯。還有我……」她意味深長地止住話頭。

「妳怎麼樣？」我說：「妳會像正常人一樣在某天死掉，嗚嗚好可憐？妳以為大家都不用面對衰老跟死亡？人的肉體本來就會退化，這是自然現象，勸妳把委屈吞下去自己面對。」

她搖起頭來。「你還沒經歷過，說這種話當然容易。白楊，你幾歲？十六？」

我忿忿不平地皺眉。「十七歲。」

「那就算十七吧。」她說：「堪比嬰孩。我竟然以為你會有那麼點在乎永生，是我太傻，你這種年紀的人總覺得自己永遠不會死。」

「我哪有。」我說，隨即閉上嘴，因為聽起來很像小孩鬧脾氣，恰好印證了她的話。

她偏過頭，「即便如此，你真的覺得會有那麼容易？偷走懸崖延續生命的方法，讓懸崖崩毀，我就能像一般人那樣變老？」

「這……對啊。」

「親愛的。」她靠近我，「懸崖替我延續了好幾世紀的壽命，治癒我的病症，有時甚至在我不曉得身體出問題前把我治好。為什麼？因為懸崖相信我會回報它，會保護它。假如我背叛懸崖的信任，你覺得它會對我做什麼？」

我把意念探進懸崖時，壓根沒見到什麼信任或背叛。那是人類才有的觀念，太有人味，懸崖不可能理解。

「不會的。」我堅定地說：「懸崖什麼都不會做。」

她眯起眼，「你聽不見懸崖的聲音，所以才會這麼說。白楊，萬一懸崖垮了，它會抓我陪葬。」

「妳騙人，」我說：「妳沒辦法確定它會這樣做。」

她冷笑，「你也沒辦法確定它不會。」

也許吧，但有個方法可以得到答案。

我撲向她，把浴袍下襬抓進手中，可是只維持了那麼一瞬，她馬上掙脫開來。

「你敢，」她說，邊繞圈子邊往後退開，「不准把探取用在我身上，白楊・快克，你知道規矩——」

「對，我知道，」我說，緊跟著她，步步進逼，「不准探取，不准偷東西，不准撒謊。但打從我認識妳的第一天妳都在騙我，就算我打破其他規矩，我也不會多愧疚。」

我再度一撲，她再次往後一跳，恰好在我能碰到的範圍外。

「我又不曉得！」她說：「我怎麼會曉得你那沒用的父親把你的記憶弄得一團糟？我以為你早就知道關於我的真相了！」

「不是全部的真相。」我說：「妳從沒跟別人說過是懸崖讓妳不會死。聽好，要是妳不讓我探取，我只好認定妳在騙我。」

她打量我。

我打量她。

就在這時，我聽見一個聲響：微弱而清脆的啪擦聲，像是有人踩在樹枝上。接著是一個嗓音。

「妳找到他了。」

是冬青姑媽。她的皮膚因激烈運動而泛紅，而且她緊緊按著胸口，好像快昏倒了。她瞪著垂柳，「我就說——我沒辦法——跑得像妳那麼快——」

「很少人能跑得跟我一樣快。」垂柳平和地微笑。

「妳是**跑過來**的？」我說。我會驚訝是因為她連大氣也沒喘一下，難不成懸崖偷了誰的跑步速度給她？還是她全憑那副健康的肺——石楠那副健康的肺？

「沒錯。」垂柳說：「畢竟你偷了冬青的車，我們沒別的選擇。偷家人的東西是違反家規的，你不曉得嗎？」

她的嘴角泛起一絲笑意。她是在開玩笑。她覺得**這很好笑**。

「你跑來——你跑來這上面——幹麼？」冬青姑媽問，慢慢緩過氣來。

「喔！」垂柳說，仍舊一如既往地冷靜，「他為了對得起自己的良心，正在考慮該不該殺了他親奶奶。」

「你在考慮**什麼**？」冬青姑媽目瞪口呆地看著我說。

「消除我們家族跟懸崖之間的連結，」我答道，看著垂柳，而不是冬青姑媽。「打破這一整個有問題的機制，這種機制讓我們自以為高人一等，就因為我們能用別人不會的爛魔法。」垂柳的笑容消失。我補上一句：「而且妳不是我奶奶。」

「但我依然是你的家人。」她的聲音輕柔得危險，「家族比什麼都重要。」

我搖頭，「像我們這種搞砸別人的生活來讓自己好過的家族，並沒有比較重要。」

「那些只是無關緊要的人。」垂柳滿不在乎地將手一揮。

「石楠也無關緊要嗎？」我問。

垂柳沒應聲。我的提問沉重地懸在夜晚清冷的空氣中。

「石楠？」冬青姑媽說：「白楊，什麼意思？」

「妳也看到她的信了，」我說：「她寫給莉亞的信。她想要保護莉亞，所以在儀式中從自己身上偷——」

「白楊你用不著說這麼多，」垂柳說，神色近乎畏懼。

我不理她，繼續說下去：「可是懸崖拿的東西比她獻出去的更多，懸崖要了她的肺。她想保護莉亞，結果懸崖害死了她。妳知道為什麼嗎？」

「為什麼？」冬青姑媽說，幾乎細不可聞。

「為了讓她活下去。」我指著垂柳，「她進行三位儀式延續懸崖的生命，懸崖為了回報她，會從我們偷竊的對象身上多拿一些東西。莉亞的姊姊被奪走聲音，她的朋友傑西被奪走視力。」我深吸一口氣，「石楠被奪走呼吸的能力。懸崖拿走這一切，全部給了垂柳。」

「可是……可是我的石楠……」冬青姑媽十指曲起，滿臉痛苦。她轉頭望向垂柳，「這些妳都知道？」

「為了讓我們家族存活下去，非進行儀式不可。」垂柳的臉色轉趨強硬，「妳女兒捨棄家人，選擇朋友，她這是自食苦果。」

「妳……妳……」

冬青姑媽沒說下去，也許她是說不出話來。

垂柳轉回來看著我，「白楊，讓我們家族繼續生存下去吧，這是我唯一的請求。」

「妳指的不是我們家族。」我說：「我們家族不會有事的，而且我認為妳也不會有事。我認為妳還會再活很多年，只是妳不想要而已，因為妳怕真的變老。」

「我認為你會後悔。」垂柳說：「等我不在了，等懸崖帶著我陪葬，你身邊就只剩下那些永遠不會了解你的人，他們永遠不會欣賞你的獨特之處。你女友一得知事實就逃之夭夭，還有你那可憐的母親，始終不信任你身上最特別、最與眾不同的部分……」

但是，只要切斷連結，我就會失去魔法，變成普通人了。

「是喔——」我說：「嗯，我完全不覺得我會後悔。」

我再次蹲下去，雙掌按住草地。還來不及重新闖進懸崖的意識，垂柳便衝了過來。

「白楊！」她叫道。

然而，她只把我的名字喊出一半，還沒喊完就被打斷。原因是冬青姑媽抓住垂柳往後拖，手臂繞過垂柳的腋下，雙手交扣在垂柳的頸後，把她給架住。

我人生從沒見過這麼荒唐的鎖頭擒抱，她雙手揮舞，亂髮飄飛，亮粉色睡袍從浴袍底下露了出來。

「白楊，快點動手！」冬青姑媽說：「她力氣很大！」

「白楊，你不准！」垂柳喊道，「冬青，**放開我**……」

我不管她的抗議，手指伸入草叢，找到破口……將意念探入。

只花不到一分鐘，我便探了進去，找到懸崖與家族之間所有絲絲縷縷的連結，用意念包覆起來。

我做了個深呼吸。

然後一拉。

我以為會很費力，起碼會像一開始探進懸崖時那麼費力，沒想到很簡單。或許是由於懸崖的意識不像人的心智，所以這份連結沒跟成千上萬種事物相互交纏。無論如何，連結輕而易舉便脫落了。

我從懸崖收回意念，張開雙眼，心中仍牢牢抓住連結。在那裡，這份混合了本能、能量與可能性的連結不住跳動……

……接著，我放手任它消逝。

就這樣，我們自由了。

這次探取的後遺症跟以往不同，通常我只是不想動，這次卻覺得我是真的**動不了**。我一樣是我，同時卻也極其龐大、古老、不動如山；我見識過各種事物，明瞭各種事物，只是無法組織成有條有理的語言。

儘管如此，在一片混亂之中，有個念頭無比強烈，這是完全屬於我自己的念頭：

真不敢相信有這麼容易。

這念頭讓我樂不可支、頭暈目眩、感覺自己充滿**人性**——後遺症也因此大幅緩解。我往後一坐，望向幾碼開外的兩個女人，她們都安靜了下來。

垂柳不再揮動雙手，不再吶喊，只是渾身癱軟地張著嘴，似乎明白連結已經切斷，無法回頭。

「白楊。」她叫我名字的語氣，有如在喪禮上禱告。

「你成功了嗎？」冬青姑媽問。

我還來不及回答，便聽見一陣聲響，隱隱從幽暗的深處傳來，像是隆隆轟鳴，而且越來越大。

「慘了，」我說：「慘了慘了慘了，我們要趕快逃。」

垂柳低下頭，輕聲嗚咽。

「是懸崖嗎？」冬青姑媽說。

現在我也能感覺到了，腳下的地面開始微微震動。

「要垮了，」我說：「懸崖**現在**要垮了。快跑，快跑！」

冬青姑媽收回抱在垂柳身上的手，轉身便逃，身影在林間隱沒。她頭也不回，大概是覺得我們會立刻跟上。

我本來是要立刻跟上，然而……

然而垂柳沒動。

她呆呆凝視著懸崖邊緣之外的虛空。

我抓住她的手，她的手指卻鬆鬆地垂著。

「垂柳？」我說，「該走了，我們真的真的，**真的**該跑了。」

一聲「喀啦」響徹雲霄，我震撼地明白那是什麼聲音。有石塊崩落了，可能是塊巨石。喀啦、喀啦，然後是坍塌的聲音。

地面在腳下晃動，懸崖邊緣很快就會掉落了，我的心臟猛撞著胸腔。

垂柳還是不肯走。

「我的天啊，拜託快點！」我更用力抓住她的手一拉。

可是她用更大的力道甩脫，轉身直視著我。然後她微笑起來，柔聲說：「我沒騙你，白楊。懸崖一垮，我也活不成。」

接著她轉身狂奔，速度飛快，有隻醜鞋從腳上滑落，掉在草地上，有如灰姑娘一般。她奔向暗夜，奔向懸崖之外的黑暗。

她繼續往前跑，直到她悄無聲息地墜落。

之後

等我穿過樹林，回到停車地點，懸崖崩垮的喀啦聲已然化作轟隆巨響。冬青姑媽早已到了，正扯動車門把手，好像能憑意志力打開車門似的。

「喔，謝天謝地，」見到我跑來，她說：「鑰匙還在你手上，而且——」

她的視線落向掛在我指尖的藍色卡駱馳鞋。

「媽呢？」

我搖頭，把手伸進口袋，掏出鑰匙扔給她。「懸崖還在倒塌，我覺得遠一點比較安全，走吧。」

她打開車門的鎖，坐上駕駛座，我則坐進副駕駛座。她發動引擎，我們就此上路，遠離懸崖，遠離山崖崩催、地動天搖，遠離垂柳狂奔不止的背影……

蜿蜒的山路逐漸拉直，不久後，車子便開上一條四線道。我們已離開了三峰鎮。冬青姑媽把車停在路邊，額頭靠在方向盤上，閉著眼睛，呼吸濁重。

「她是摔下去，還是跳下去的？」冬青姑媽低聲問，疲憊的語氣隱含指控：

是不是你把她推下去的？

「她自己跳的。」我腦中仍在重現她往下跳的情景，反覆循環，看著她消失在懸崖邊，然後又……

我靈光一現。

「等等。」我說，接著探進垂柳的鞋子。

我飛快地略過層層憤怒、不甘、怨恨與愛，略過關於兒女、孫兒、曾孫的記憶，略過陣陣疼痛與**無比劇痛**——我略過這一切，找到我要的那兩樣東西，用最快速度將之扯下。

「好了。」我說，把那隻鞋丟進後座。我再也不想看到它。

「你……偷了東西？」她邊說邊挺起上身，好對上我的目光，「垂柳的東西？」

我往後一癱，任由副駕駛座涼冷的皮革托著我全身，點點頭。「我偷了她的清醒跟痛覺。」

冬青姑媽面露困惑。我一頭霧水，就這麼過了三秒，然後冬青姑媽開口了，但不是要問我為什麼要做。她問的是：「你怎麼做到的？」

我恍然大悟，內心一涼。

「不不不，該死，我應該已經不能——魔法應該要消失才對。」我驚慌地說，心臟猛烈撞擊胸腔。「為什麼沒消失？我們的魔法是懸崖給的，不是嗎？」

冬青姑媽抿緊嘴脣，搖了搖頭。「媽的小孩遺傳了他們父親的魔法，那不是懸崖給的。懸崖只是決定了魔法的形式。」

有道理。我真是白痴，明明我也聽過這段歷史，偏偏沒記在心上。

「那我都白做了，」我說：「我……我想要的是把我們變成正常人。」

「你辦到了啊，不是嗎？」冬青姑媽說：「我們不用再阻止懸崖垮掉了。我們沒有繼續偷下去的理由了。」

我用力嚥下口水。「可是我們也沒有理由**不偷**。我想確保我們沒辦法再偷。」

從眼角餘光中，我看著她逐漸明白過來，神色跟著改變。我看著她在明瞭我的真意之後，蹙起雙眉，眉間擠出皺紋，嘴脣緊抿，做了個深呼吸，鼻翼隨之外擴。

我眼看著她認清我的真實面目。我不願意也沒辦法主動選擇停止偷取，反倒寧願任由外力奪走我選擇的自由，如此一來就再也不用做決定了——我就是這麼一個人。

「這樣啊。」她終於說。

我用雙手掩住臉。我可說是害死了形同我奶奶的人，一切卻毫無變化，我依然能運用探取能力行竊，垂柳其他上百個後代也辦得到，沒人能阻止我像剛到三峰鎮時那樣，繼續當個自私自利的王八蛋。

「關於媽的真相你知道多久了？」冬青姑媽問：「我指的是關於……石楠是怎麼……嗯……」

「今天晚上才知道的。」我答道，想起垂柳帶我去神樹下，不禁皮膚發麻。「我本來想在你回來時跟你說，但你那時有點……你懂的。」

「生莉亞的氣。」她接口。

「對。」

然後一陣沉默。遠方，天空的盡頭開始轉紫。

「我們得跟你爸說。」冬青姑媽說，用食指點著方向盤。

「還有其他人。」我說。

她皺起鼻頭，「他們哪會在乎。走吧，回家。」

啊，那座占地廣闊、歷史悠久的大宅，角塔聳立，閣樓塞滿了陌生人拋在腦後的五朔節祈福禮。如今少了垂柳。

「那才不是家。」我喃喃地說。

冬青姑媽對我微露苦笑，「我懂你的感覺。」

我自告奮勇說要打給爸，結果最後是由冬青姑媽撥了電話。她告訴爸，她會在當天下午載我回紐約市，到了之後會把來龍去脈告訴他。我收拾好物品，塞進冬青姑媽的車，她也整理了一箱行李。

我把手機連上車子音響，把音量調到冬青姑媽能忍受的最大聲，這樣我們就有理由不用講話了。我們離開三峰鎮之前已經談得夠多，現在我只想思考，想想我試著要做卻失敗的事，想想這對我的將來有什麼意義。

假如我真想從現在起當個光明磊落的人，不再榨乾每一個朋友——那我不能只因為弄垮了一座山，便以為所有問題都迎刃而解。我必須付出努力，憑藉意志力自我克制。這代表許多我一向視為理所當然的捷徑，如今都必須放棄。

這代表重新開始。

幸好，我知道在這方面有個人能幫我。

等到達紐約市，冬青姑媽依照我們說好的，讓我在賓州火車站下車。

「你確定嗎？」她邊停車邊問。有輛車對我們按喇叭，她不予理會。「探取占了你人生中很大一部分，對我們所有人來說都是。要一下子戒掉……相信我，絕對不容易。」

「我還是得試試看。」我說：「能不能幫我開後車箱？」

她開了，我把行李拉到人行道上。她搖下副駕駛座的車窗，靠過來說：「白楊，在你走之前，我想跟你說……我覺得你做了件好事。好嗎？」

我揉著後頸，不是因為脖子痛，只是出於習慣。

「垂柳那麼做是她自己的選擇。」儘管冬青姑媽的雙眼似乎開始泛淚，她的語氣依然堅定，「她可以活下去，只是她選擇不要。懂嗎？」

我點頭。其實我甚至比冬青姑媽更明白。在垂柳決定往下跳的瞬間，我看見了她臉上的表情，那副神色仍印在我腦海。

她墜落的畫面也仍印在我腦海。

「我該走了，」我說：「我要搭的那班車快開了。」

冬青姑媽擠出笑容。「自己保重，好嗎？到的時候傳訊息告訴我，給我們報個平安。」

我們，姑媽跟我爸。不曉得她會在我爸那邊待多久。對了，搞不好她可以乾脆搬來，我們有多的房間，再說我不認為她短時間內會想要回三峰鎮。

也搞不好她可以住我房間。

現在不是尖峰時段，售票機前沒人排隊。我拖著行李搭手扶梯下樓，踏進在軌道上等候的長島鐵路列車。

我沒有事先打電話。

那間房子離火車站很近，不久，我便拖著行李爬上門廊前的三道階梯，按下門鈴。我看不出有沒有人在家，車庫鐵門緊閉，窗簾也都拉上了，而且——

門開了。從走廊流瀉出淺淡的燈光，照亮一張我將近六個月沒見的臉。我試著笑，但有些勉強。

「白楊。」她悄聲說。

「嗨，媽。」我遲疑片刻，問道：「我可以進去嗎？」

謝辭

感謝幫助我寫完這本書的每個人。我說的人應該自己心裡清楚，為了避免你們不曉得……

給我的家人：你們最棒了，謝謝你們這麼棒。

給傑斯・威爾第與可莉・海杜：在這篇小說尚未完稿，還處於阿米巴原蟲的階段時，謝謝你們當第一批讀者。

給妮琪・瓦薩洛：謝謝妳的邪惡飲品，那時真的……嗯，印象深刻。

給艾米・考夫曼：謝謝妳招待我喝澳洲葡萄酒、帶我去泡溫泉，而且不費吹灰之力就搞定了我這本書的整個中段。

給艾莉森・雀利、蜜雪兒・舒斯特曼、妮娜・羅里、傑麗・史密斯－瑞迪：謝謝你們把我這本小說讀了幾百萬遍，給了我各種筆記跟建議，陪我花好幾個月腦力激盪、重擬情節，在生活中各方面都給我很棒的支持。

給企鵝出版社的大家（特別是克萊兒・伊凡斯），以及葛林柏格的每個夥伴（特別是溫迪・顧）：謝謝你們為我的作品所付出的一切。

給布蘭達・鮑文：謝謝妳當我的出版諮商師，也謝謝刺青！作家跟經紀之間就該這樣，對吧？絕對是。

給凱西・道森：謝謝妳總是秒懂我想傳達什麼，就連我自己還搞不太清楚時也是。妳真是讚爆了。

給閱讀這本書的所有人：謝謝你們讀了這本書！

潮流文學

砸你的落石就在頭頂上

（原名：Rocks Fall, Everyone Dies）

著　　者／琳賽・瑞巴爾（Lindsay Ribar）
譯　　者／陳思穎
國際版權／黃令歡、梁名儀
執 行 長／陳君平
美術總監／沙雲佩
企劃宣傳／陳品萱
榮譽發行人／黃鎮隆
美術編輯／李政儀
文字校對／施亞蒨
協　　理／洪琇菁
主　　編／劉銘廷
內文排版／謝青秀
總 編 輯／呂尚燁

出　　版／城邦文化事業股份有限公司　尖端出版
台北市中山區民生東路二段一四一號十樓
電話：（〇二）二五〇〇—七六〇〇
傳真：（〇二）二五〇〇—二六八三
E-mail：7novels@mail2.spp.com.tw

發　　行／英屬蓋曼群島商家庭傳媒股份有限公司城邦分公司　尖端出版
台北市中山區民生東路二段一四一號十樓
電話：（〇二）二五〇〇—七六〇〇（代表號）
傳真：（〇二）二五〇〇—一九七九

中彰投以北經銷／楨彥有限公司（含宜花東）
電話：（〇二）八九一九—三三六九
傳真：（〇二）八九一四—五五二四

雲嘉以南／智豐圖書有限公司
（嘉義公司）電話：（〇五）二三三—三八五二
傳真：（〇五）二三三—三八六三
（高雄公司）電話：（〇七）三七三—〇〇七九
傳真：（〇七）三七三—〇〇八七

香港經銷／城邦（香港）出版集團有限公司
香港灣仔駱克道一九三號東超商業中心一樓
電話：（八五二）二五〇八—六二三一
傳真：（八五二）二五七八—九三三七
E-mail：hkcite@biznetvigator.com

新馬經銷／城邦（馬新）出版集團 Cite（M）Sdn. Bhd.
E-mail：cite@cite.com.my

法律顧問／王子文律師　元禾法律事務所
台北市羅斯福路三段三十七號十五樓

二〇二三年二月一版一刷

■中文版■

郵購注意事項：
1.填妥劃撥單資料：帳號：50003021戶名：英屬蓋曼群島商家庭傳媒(股)公司城邦分公司。2.通信欄內註明訂購書名與冊數。3.劃撥金額低於500元，請加附掛號郵資50元。如劃撥日起 10～14日，仍未收到書時，請洽劃撥組。劃撥專線TEL：(03)312-4212 ・ FAX：(03)322-4621。E-mail：marketing@spp.com.tw

國家圖書館出版品預行編目資料

砸你的落石就在頭頂上 / 琳賽・瑞巴爾 (Lindsay Ribar) 作；陳思穎譯. -- 1 版. -- 臺北市：城邦文化事業股份有限公司尖端出版：英屬蓋曼群島商家庭傳媒股份有限公司城邦分公司發行，2023.02

面；　公分

譯自：Rocks fall, everyone dies

ISBN 978-626-316-685-1（平裝）

874.57　　111002442